世界
性文學名著大系

總編輯：陳慶浩

小說篇
法文卷

《世界性文學名著大系》凡例

㈠原則——本叢書有系統地收集各國性文學經典著作，依其性質分篇，如小說篇、詩歌篇、戲劇篇、文獻篇和研究篇等；各篇又按語種分卷，如法文卷、英文卷、日文卷和漢文卷之類。

㈡版本——採最初版本或經專家校訂之定本；採全本而不採删削本。書前並註明所採用之版本。

㈢翻譯——各書皆據原文，由精通中文及該文字之名家直接翻譯、絕不據第三種文字轉譯。

㈣序言及註解——各書皆由譯者或於該書研究有素之專家作序並加適量註解，以協助讀者更好了解該書。

㈤世界性文學書數量極多，涉及語種甚夥，選擇其中名著，誠非易事。編者見聞有限，如何選材，仍在探索搜尋中。然此爲開放性之叢書，可以增添新資料，修補缺漏。讀者中高人甚多，盼多批評指正，提出建議，使此大系得以提高，名副其實；則非只編者之幸，此套書之幸，亦爲社會之幸也。

《世界性文學名著大系》總序

陳慶浩

性文學是以性愛描寫爲重點或重點之一的文學。

沒有文字之初，文學是口頭流傳的，這就是我們所說的口頭文學或民間文學。未有文字民族的文學都是口頭文學；即使有了文字，教育普及，民間文學也沒有衰亡。部分情歌、笑話以及所謂葷故事，都是性文學。但由於社會禁忌，這些資料只有很少的部分記錄下來。俗文學中的性文學資料更多。畢竟文學敍寫人生，而性愛又爲人生的重要部分。在個體生存獲得保證後，種族的延續是靠性來維護的。雅文學中的豔情詩詞歌賦都是性文學，小說和戲劇，更不乏性文學的巨著。

不同的民族創造了不同的文化，不同的文化對性愛有不同的觀念。即同一文化，在不同的歷史時期，對性愛的觀念也是不同的。這種不同的觀念也影響到對性文學的態度。以西方和中國爲例。古代希臘人對性愛抱著欣賞和寬容的態度，自由地享受性的愉悅，同性戀、異性戀與雙性戀都被看成是自然的。古希臘的神話、戲劇、詩歌以及雕塑和繪畫，都充滿性愛的題材。比較其他民族，古希臘哲人更崇尚理性、追尋永恆的理念。柏拉圖認爲只有永恆不變的理念才是完善的，是具體事物的範型，而具體事物只是理念不完整的摹擬，是較低層次的。人亦如此。生理美引起的性愛只是永恆之美的理念的不完善呈現，應該加以昇華，通過文學、藝術，特別是哲學，達到更高層次。亞里斯多德認爲性愛可能導致美德，但抨擊縱慾。羅馬承繼希臘文化，對性愛也有相似的看法。古代羅馬人和希臘人一樣都有陰莖崇拜，欣賞人體美，出現了不少性愛的文藝作品，特別是春宮畫。但在這時期，也出現了極端的縱慾和禁慾的理論和生活態度。

隨著羅馬帝國衰亡，基督教興起。早期基督教重視靈魂，輕視肉體，認爲性愛使人墮落，提倡禁慾，鼓勵獨身。但性愛既屬本能，又是生殖的必要條件，因此强化一夫一妻的婚姻制度，取締一切非婚和非以生殖爲目的的性關係。通姦、手淫和同性戀等，都是罪惡的。教會全面而且持久地介入社會和家庭生活中，强烈抑制性愛，禁絕了文藝的性愛表現。這是西方延續千年的中世紀黑暗時代。接下來是文藝復興和宗教改革，個人重新發現，希臘羅馬古典文明再生，社會現世化和教會世俗化，對性愛態度相對寬容，產生了很多以性愛爲題材的文學藝術作品。但中世紀的性愛觀念已深入人們意識，成爲西方文化中不能擺脫的部分。

這個混合的性愛文化，在西方各國，不同的歷史時期有不同的表現，且隨著西方的擴張，散播到世界各地，成爲世界的主導思想。本世紀開始了對性愛的科學研究，中世紀的性愛觀念愈來愈沒落，禁忌被打破，文學藝術中以性愛爲主要題材的作品直到七十年代起才合法化；在這以前，很多作品還被以色情、妨礙善良風俗等罪名被禁止公開流通。

古代中國和其他民族一樣有生殖器崇拜，並從生殖推衍到天地萬物之源。作爲中國漢民族哲學的基礎《易經》即謂「男女構精，萬物化生」，「雲行雨施，萬物流形」，「天地感而萬物生」，「天地不感而萬物不興」云云。《易經》卦辭中有不少涉及性愛的文字。有人以爲，卦爻的陰陽，其實是男女性器官的符號。儒道兩家對性愛都採取自然和積極的態度。社會對性並沒有甚麼禁忌，可以公開談論，和古代希臘羅馬差不多，只是還未出現將肉體之快樂低於精神之快樂的學說。我們在《詩經》和其他先秦文獻中，可以找到若干性文學作品，也有一些藝術品保存下來。此時亦可能已出現房中家，專門研究性愛技巧、性健康、育嗣等問題。房中家後來被道家吸收，成爲道家一個流派，又有部分溶入醫家中。

東漢時佛教傳入中國，爲中國文化增添了新的因子。佛家以超脫生死爲宗旨，視存在爲虛無，以生即是苦，貪愛爲苦因。性愛生育，既造苦因，又結苦果，故僧尼皆獨身。佛教爲性愛定下很嚴厲的戒律，不能不影響到漢代以後中國人對性愛的態度。但佛教只是中國人衆多信仰的一支，入中國後也華化了，且佛教中也有對性愛持寬容甚至是積極態度的流派（如密宗），故明清以前，中國對性還是比較開放的；特別是唐代。這一時期出現了不少以性愛爲題材的繪畫和豐富的文學作品，亦有頗多的房中著作。宋代以後儒學復興，產生了宋明理學。宋明理學是儒學吸收佛學後形成的。理學家提倡「存天理，滅人欲」，宣稱「餓死事極小，失節事極大」。除了生育的目的，性愛自是人欲，在除滅之列的。朱熹一派的理學在元代以後被立爲官學，使這種理論成爲社會的主導思想。明清以來中國社會的性抑制、性禁錮形成的原因仍有待研究，但官學的影響是一個不能忽視的因素；專制制度强化，亦有直接的關係。不過宋元兩代性控制仍不太嚴，宋詞元曲，宋元話本等，都有以性愛爲題材的作品，政府也沒有禁止這類作品流通。

明代特別是晚明出現很奇特的現象，一方面是理學受到官方的提倡深入到社會生活的各個角落，開始禁性文學甚至一般涉及愛情的作品，並製造出大批的節婦烈女。另一方面則是上層的性放縱，和伴隨著經濟發展、都市繁榮，性文藝創作空前興盛。這時出現質量甚佳的春宮畫和數量可觀的性愛小說，還有若干性愛內容的民歌和民間故事（特別是笑話）也被記錄下來。這種盛況一直延續到清初，到清朝中晚期，開始嚴厲取締「誨淫誨盜」的圖書，才將這一熱潮平息下來。社會各階層所受性禁錮的程度各不相同，最上層宮廷和達官貴人，向來都有不受限制的特權，最低層的小民百姓，則視其所處地域之風俗習慣而異；最受影響的是中層階級，特別是知識分子。性文學在禁令下祕密流通，只是產品愈來愈粗俗而已。春宮則以辟邪和箱底畫等名義公開傳播。性愛題材的民間文學、小曲和戲劇，自然還繼續流傳。可以說在本世紀以前，中國沒有出現過像西方黑暗時代那樣對性愛嚴格控制的時代。但我們也不能遺忘中國歷史上可恥的閹人和小腳，還有很多浸透血淚的貞節牌坊。

西方入侵帶來西方文化包括西方性文化，它已和傳統性文化融混成為目前流行性文化的一部分。同性戀被作為社會問題討論，正是西方性文化東傳的結果；中國歷史上從不將同性戀看成罪惡，而是將它看成性愛的一種形式，不加禁止的。本世紀五十年代到八十年代的中國大陸，是中國歷史上性禁錮最嚴酷的時期，尤以文革十年達最高峯。中共政權混雜了傳統道學家和以史達林主義爲代表的西方中世紀敎會的性愛觀念，對大陸人民進行性統制。性愛成爲低下的東西，非婚性關係、婚前性關係、同性戀等都是犯罪的。禁止一切涉及性愛的文藝作品、包括民間性文學，除去少數圖書館及文物機構外，全面收繳並銷毀一切性愛的書籍和文物。全面性壓制的結果造成全民的性無知，這種情況直到近十幾年來的改革開放政策提出後才開始轉變。大陸近年來的性文化研究熱，就是這種改變的結果。今天的中國性愛方面的特點是意識形態的性禁忌和現實生活的性放任，多重的標準，使社會生活在虛僞和矛盾中。

中國和西方歷史顯示，當社會對個人的控制越緊，性禁忌就越多，性禁錮就越嚴厲。獨裁者都是通過性禁錮來顯示道德品質的高尚，以表明其政治理想之崇高。納粹德國就曾焚性文學書、禁性愛研究、制裁非婚性行爲。泛道德主義是這類政權的特色，政治迫害甚至政治鬥爭，幾乎都是從道德問題開始的。道德敗壞的人，政治以及其他一切自然都是壞的；而道德品性純潔的人，即使有這樣那樣的缺點，也是可以原諒的。中共歷次的政治運動，都是這樣的模式；歷來評論人物，亦難脫此模式。而違反性禁忌，是道德敗壞最有力的明證。性問題歷來是權力鬥爭的利器。不單中國如此，英美諸國皆然，只是程度不同而已，似乎只有當代歐洲大陸的公衆人物較少受到性干擾。性禁錮程度可作爲個人自由度的一項指標。人類自身解放的歷程中，不斷打破形形色色的禁忌包括性禁忌。性愛是個人最切身的權利，是一項最基本的自由，不應該被拿來作爲社會控制的工具。歷史上個人的自由被一點一點地掠奪，也要一點一點地爭回來。禁忌妨礙心靈的自由，個性的解放。

今天，在台灣，當政治禁忌已被打破之後，打破性禁忌就被提到日程上來了。在政治權威消失以後，社會上瀰漫在泛「道德」的氣氛中。而所依循的，還是舊秩序下的道德，有濃烈的絕對主義色彩。而一切訴諸道德，正是專制制度的溫床。性禁忌，正是這些道德維護者的利器。將爭取個人性自由，打破性禁忌看成性放縱，而性放縱正是社會解體和個人墮落的表徵。在特權的社會中，有權有勢者可以爲所欲爲，沒有每個個人的自由，包括性自由。個人的自由是建在自尊尊人的基礎上，它勢必形成社會的公共契約，處理社會事務基於法律，而非訴諸道德。自由不可能使每個個人變成不受限制的特權人物，而是使每個個人成爲平等的公民；公民有權利和義務。自由意味著責任。在專制制度下，統治階層一般將百姓當爲芻狗，好的亦只將百姓當成子民，要作之君作之師。對統治者來說，百姓並不是心智成熟的人，甚麼事都要他們來作決定。他們壟斷資訊，按等級分配享用，包括性愛相關的資訊。甚麼人可讀甚麼書，都是由他們決定的。但在民主制度下，人民沒有任何理由去承認政府官員比自己高明，由官員們替自己決定那些是自己不應讀的書。自由獲得資訊是公民的基本權利。自然我們還要注意到還在成長中的少年兒童，他們理應受到適當的保護。但絕不能以保護少年兒童爲藉口，去剝奪成年人的權利。

性文學是文學不能分割的一個部分，過去由於性禁忌，既不可能閱讀，更談不上研究。西方世界也只是在六七十年代，才逐漸解除對性文學作品出版和流通的限制，一代人過去了，並沒有出現道德之士所擔憂的社會解體和個人普遍墮落的情況，社會也沒有風起雲湧去爭讀性文學書籍；它只是衆多文學作品的一種罷了，正如衆多電影中的色情電影，並不引起觀看的熱潮。倒是因爲開放，人們得以以平常心看待，使得性文學的質量和研究得以提高。台灣比歐美遲二三十年，現在是可以開放性文學的時刻吧?台灣總不能置身世界大流之外，況且打破性禁忌，也正有社會開放個人自由的象徵意義。自由的愛和愛的自由是不能分開的。目前學界對本國漢文性文學資料了解甚少，遑論其他文字的性文學。爲此，我們決定編印這套《世界性文學名著大系》，系統地介紹世界上各種語文的性文學名著，包括詩歌、戲劇、小說以及相關的資料和研究。這是世界上第一套有系統的世界性的性文學叢書。西方出版過多種性文學選本、性文學叢書，但他們對東方性文學所知甚少，採用的只是西方的資料。且所用資料，未經嚴格的有系統的挑選，沙泥俱下，卻又非無所不包的全書，帶有很大的隨意性。本《大系》是在收集大量作品的基礎上，再按該作品在文學史上的地位及其在性文學方面的成就篩選出來的。這些作品都是該國文學名著，是性文學的經典。

人的生活有目的性，性愛非只本能，而是後天學習到的行爲模式。不同的文化模式塑造其成員的不同性類型，這在各民族中的性文學中有較集中的反映。《世界性文學名著大系》使我們看到不同文化在不同時期對性的不同看法，人們往往將自己當下的性模式看成天經地義的必然，擴大視野，就會認識到被認爲必然的在別的文化中並非天經地義的；即在本文化不同的歷史時期中，亦有不同的看法。只要有開闊的胸懷，我們自然對不同的性表現抱著寬容的態度。長期以來，性文學是個禁區，在這新的歷史時代，隨著《世界性文學名著大系》的出版，文學愛好者不但能夠讀到漢文的性文學名著，也經由翻譯，讀到世界各種語文的性文學名著。對於文學研究者，這套書的功用是明顯的，集合各種語文的性文學名著，自方便作比較研究。性文學很集中地反映民族文化，西方的性文學自然和東方有很大的差異，即西方諸國也各不相同，法語、英語、德語的性文學名著，都有各別的面貌。也許這麼一套書，對想了解不同文化的人，能有些許助益吧。

一九九四年七月於台北

好傢伙修士無行錄

Histoire De Dom Bougre

(法)匿名氏著
易餘譯

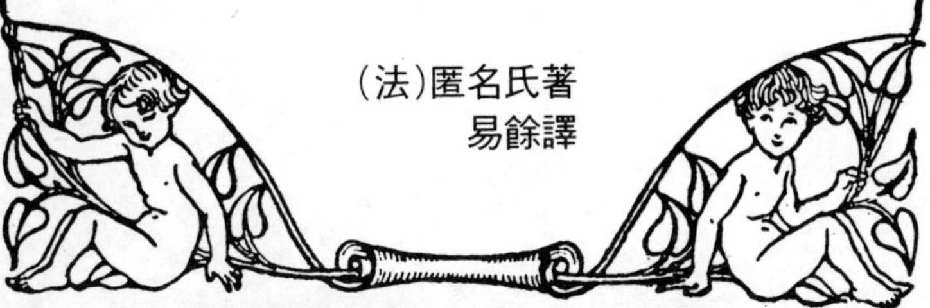

本書根據巴黎 Fayart 書店 1992 年版譯出

法國最早的一部性文學作品

——關於何謂性文學

柳鳴九

《好傢伙修士無行錄》問世於法國路易十五時期的一七四一年，作者匿名，可能是一位名叫吉爾維斯·德·拉·杜什(Gervaise de la Touche)的律師，但也僅僅是可能而已，並無確證。就其問世的年代而言，它幾乎可以說是法國文學中有書爲證的最早一部性文學作品。

在文藝學的概涵上，何謂性文學？構成性文學的特性不外有二。其一，對性關係的描寫比較直露無諱；其二，對性關係的描寫，在作品中佔有相當的比例，而這兩個特性，又以前者爲主。涉及性關係的文學作品何止萬千，但在隱與露上、在直露的程度上，確大有區別，且看幾個名家名著：

在巴爾扎克的小說《高老頭》裡，歐也納·拉斯蒂涅得到他朝思暮想、長久追求的紐沁根男爵夫人但斐納的情節，寫得是如此概略：「歐也納沒有回伏蓋公寓，他沒有那個決心不享受一下他的新居。隔天他半夜一點鐘離開但斐納，今兒是但斐納在清早兩點鐘左右離開他回家。」

在福樓拜的《包法利夫人》裡，愛瑪委身於賴恩的過程，但見他們僱來藏身的那輛馬車在里昂街道上轉來轉去，駛個不停，「窗簾拉下，關得比墓門還要緊，車廂顛簸得像海船一樣」，一直駛了五、六個小時，最後愛瑪才下車離去。

在左拉的《娜娜》裡，莫法伯爵夫人提前回到巴黎，到情夫浮式瑞住處過夜，雖然他們整夜尋歡作樂是在莫法伯爵親眼窺測監視之下進行的，但這個丈夫卻只見窗簾後燈光長明，不時有人影的動作，他只得到了看影子戲的效果。

關心自己文學名聲的作家，往往就是這樣把其實是人所共知的性關係、性行爲，深深藏在窗簾與幃幔之後。也許，有人早就可以亞里斯多德《詩學》中關於文學與自然的思想爲由，對此提出詰難，也許，文學史上那些發表過「凡是在自然中的一切都可以在文學中有自己的地位」此類高見的經典作家，對此也曾心存困惑，但人類的文學仍然保持了這樣一個禁區。

某一天，某個寫作者放膽把窗簾或幃幔扯下，像《瘸腿魔鬼》中那個魔鬼一樣，帶領讀者飛翔在一家家屋頂上空，用魔法掀開屋頂，讓讀者把室內的人習以為常的行為盡收眼底，這就是性文學的產生。如果說，引誘亞當與夏娃偷吃了禁果、懂得了人事，是伊甸園裡第一個撒旦事件，那麼，使得文人墨客把這種隱藏不露的人事以文學書寫了出來，給人以一種自我觀照，也許就該算是第二個撒旦事件了。儘管這兩件事往往都被人認為有魔鬼骯髒的影子在作祟，然而，實在說來，卻無一不是人性本身的自然表露，是人性的一種自然需要使然。

在人類社會的不同領域，對性的承認是不平衡的，因而它在不同領域裡所佔有的地位往往有天壤之別。在法門中、宮殿裡、養生學、房中術、陰陽祕訣，早已成為典籍；在醫學中、心理學中，性分析已成為科學研究的課題；在商業中，性用品、性器物、春藥已成為公開的商品；在民俗中，在廣場的紀念碑上，在建築雕刻中、在石塔、石柱、石碑上、在某些紋章上、驅邪章上、在愛爾蘭的十字架上、古羅馬的鐘鈴上、龐貝城旅店的招牌上……性崇拜、生殖圖騰也都打下了堂而皇之的烙印。幾乎唯獨在文學中，性長期以來都是一個忌諱的課題，性描寫往往遭到非議與譴責，即使福樓拜力圖把窗簾遮住一切，他仍因《包法利夫人》而受到了「有傷風化」的指控；薩德一直到二十世紀五十年代在其祖國仍被視為一個觸禁的作家；勞倫斯的《查泰萊夫人的情人》則至今在某些地區仍是一部不予批准出版的作品……然而，道德的戒律與規範、官方的毀禁，並沒有杜絕性文學的創作，只使它成為了一種「地下活動」而已，在文學史上，這種「地下活動」似乎一直沒有停止過，即使是像巴爾扎克這樣高踞於文學大雅之堂上的大家，也曾用化名寫過「性」味頗濃的小說，也許，這種連綿未斷的特殊創作活動，可自成系統，構成文學史的一個側面，一部特殊的文學史。至於那些存活下來的性文學名著，也從來是屢禁不絕的，反而具有特別頑强的生命，在中國大陸，《金瓶梅》已成為奇貨可居、高價出售的文學商品，似乎就說明了這一點。不可否認，性文學已經成為人類社會中一種客觀的文學存在，對它視而不見、拒不承認，都無濟於事，它自有其獨特的價值與意義，不失為一種必須對它有一種說法的文化現象、一種有待整理的文化資料、一種可供研究的文化系列。作這種整理與研究，難免不會不犯禁忌，難免不遭譏諷，但遲早總得有人來做。「我不入地獄，誰入地獄」？

這裡，涉及一個必須說明白的問題，性文學作品終歸是文學，而不是夠不上文學層次的別的玩意。既然是文學作品，就必須有文學的素質、文學的細胞，如無此，則非文學矣。具體說來，除了在語言上、在描寫與敍述上，必須有一定的藝術性外，還應該塑造出身上結合著人羣共性與私人個性的人物，闡發了若干有關人之存在與社會生活的哲理，探究了某些人性深層底蘊、表露了某種程度對人生與現實課題的關注，即使是在粗俗的、直露的性描寫上，也往往要顯示出某種獨特的主觀色彩與角度，泛露出若干精神靈性與情趣。這些成份愈多，性文學作品的品味也就愈高。也正因爲具有了這樣一些成份，性描寫在文學作品中是否佔絕大篇幅，就不構成性文學作品的首要條件，而區分性文學作品與一般情愛文學作品的首要條件，則是對性問題、性關係、性行爲是否有直露無遮的描寫，衆所周知，《金瓶梅》中的性描寫文字約有三、四萬字，僅佔整部小說約十分之一的篇幅，而它之所以成爲有別於一般文學作品的性文學作品，正在於這三、四萬字。

不論從性文學作品的哪一個特性來看，《好傢伙修士無行錄》都是一部很典型的性文學作品，其中的性描寫旣直露，又佔有相當大的比例。整部作品像流浪漢體小說那樣以人物的浪跡爲線索，只不過主角好傢伙修士不是在浪跡無涯與社會之中見識了許多世態人情，而是混跡於色情男女之中有了許許多多的性見聞、性經歷，作者似乎要通過他的見聞經歷，把人的各種性生活方式、性心理都一一寫全。與此同時，小說中這個艷遇不斷的人物的自述，也完全具有歷來流浪漢體小說中流浪漢主角經常有的那種玩世不恭的基調、與此相近的登徒子式的對性艷遇的津津樂道以及市井下流輩的厚顏粗鄙。儘管他是以懺悔的形式來開始他的自述的，還不時有行淫縱慾遭報應之類的道德說教。

現在，我們還不能說，像這樣的性小說，在十八世紀的路易十五時代以前從未出現過，也許以前也曾產生過類似的作品，只不過沒有流傳下來；但是，我們卻完全可以說，這樣一部形態如此完備的性小說，在十八世紀路易十五時期得以產生，倒是一件必然而然的事情。

十八世紀封建的法國，就像一顆熟透了的草莓，即將全面潰爛。這個趨勢在太陽王路易十四朝的後期已露徵兆，到路易十五朝，就全面表現了出來，至路易十六時期，則不可收拾，急轉直下，終於在一七八九年爆發了震撼人類歷史的大革命，導向現代法蘭西的締造。

一七一五年，路易十五繼承王位，不論歷史學家們對他有怎樣不同的評價，但他酷愛狩獵、喜歡美女卻是千眞萬確的，在大革命後法國政治舞台上扮演過重要角色的塔列蘭就曾這樣寫過：「舒適享樂對路易十五來說，比對法國更爲重要」。他和他的宮廷揮霍淫奢，據說，他甚至講過這樣的話：「我去後哪管他洪水濤天」。上方若如此醉生夢死，社會中就難免不彌漫著享樂淫靡之風。對此種風氣，當時不少作家的作品都曾有過描寫，如馬利伏的小說《瑪麗安娜》（一七三一——一七四一年）、《暴發戶農民》（一七三五——一七三六年），普萊服神父的小說《曼儂・列斯戈》（一七二八年）等，都是這方面的名作。一代文壇泰斗伏爾泰更是把當時社會上的淫亂諷刺得淋漓盡致，他在著名小說《老實人》（一七四七年）裡，讓一個主張「一切皆善」說的哲學家邦葛羅斯居然也染上了梅毒，爛掉了鼻子，並且如此揭示出他這種病的家譜：

「他從侍女巴該德那裡染了這個病，巴該德的病是一個芳濟會神父送的，神父的病是得之於一個老伯爵夫人，老伯爵夫人得之於一個侍從，侍從得之於一個耶穌神父，耶穌神父當修士的時候，直接得之於哥倫布的一個同伴。」

在這種社會環境、社會風氣中，《好傢伙修士無行錄》這樣一部小說的產生，也就不足爲奇。而且，在整個十八世紀，它也遠非「煢煢孑立，形影相吊」，在它之後，到十八世紀末，還產生了一連串性文學作品，從事此類作品寫作的，大有人在，其中赫赫有名者是薩德（Sade, 1740–1814年）、布列多納（Restif de La

Bretonne, 1734–1806年）。米拉波（Mirabeau 1749–1791年）等。可以說，十八世紀是法國性文學產生與繁華的世紀，而《好傢伙修士無行錄》則是這股文學潮流的第一個浪頭。

如果要考察一下《好傢伙修士無行錄》在文學上的淵源的話，那麼，不妨可以說，它與《十日談》——《七日談》這一文學傳統有關。《十日談》是十四世紀意大利文藝復興曙光中的第一隻燕子，它一反中世紀的宗教禁慾主義，嚮往塵世的幸福、感官的歡樂，且物極必反，難免矯枉過正，它又從反禁慾而明顯地滑到頌慾的地步。其中受到作者讚賞的，往往是一些靠聰明狡滑而嚐到偷情通姦之樂的男女，被諷刺的倒經常是一些被欺騙的愚蠢丈夫或頑固家長。《七日談》出自十六世紀法國被稱爲「文藝復興之父」的國王法朗索瓦一世的姐姐納瓦爾王后之手，是一部從內容到形式都模倣《十日談》的作品，儘管作者的至尊地位與女性身份，不可避免帶來比《十日談》較爲明顯的道德傾向與嚴肅語調，但對塵世的肉慾歡樂、男女性愛關係的讚賞仍是顯而易見的。

《好傢伙修士無行錄》，與《十日談》——《七日談》這一傳統一脈相承，而且，到了它這裡，讚慾、賞慾、頌慾的傾向更是變本加厲了，懺悔的話頭遠遠掩蓋不了通篇對男女做愛的津津樂道，略帶道德色彩的評點總是淹沒在情不自禁的賞樂之中。除了這種基本傾向的相像外，《好傢伙修士無行錄》在小說形式上也明顯地繼承了《十日談》—《七日談》的傳統，它以不同的人物分述自己的故事、故事中套故事的方式，來構成小說的框架，這正是《十日談》所發明、《七日談》所照搬過的辦法；至於夜晚走錯了房間、上錯了牀、僵李代桃、胡亂作樂之類缺乏細節眞實性、不甚合符情理的荒唐情節，則幾乎像是從《十日談》中翻版過來的。不過，比《十日談》有所發展的是，這部小說在心理描寫、特別是在性心理描寫上，可謂初具規模，在性哲理上，也有所闡發，而這兩點也正是性文學之成爲文學的重要標誌。

性，是人類現實生活中的一個重要組成部份，性關係、性活動又是在人類社會生活環境中進行的，因此，有價值的性文學作品，往往對人類社會現實生活有所反映，往往含有對社會現實問題的思考與見解，或者說，其中對性關係性行爲的描寫，往往結合著對一定社會現實關係的反映；其中的性關係性行爲的形象，往往滲透了一些社會現實意識。如果說《好傢伙修士無行錄》還有一些這類認識與揭示的話，那就是其中對教會人物、神職人員的針砭。

在十八世紀，法國封建社會分爲三個等級。教會因爲操「聖職」而名列第一；

貴族階級才是第二等級；一般的平民百姓、城鄉勞動者、小業主、甚至無貴族身份的有錢人、資產者，均爲第三等級。前兩個等級均享有各種特權，是爲特權階級。教會人物、神職人員不僅名份高，政治經濟特權也很多，僅以土地資產而言，在總人口三仟伍佰萬中，這個等級爲十三萬人，其當權的上層人物僅五、六仟人，卻佔有全國土地的四分之一，不僅收地租，而且無代價地向農民徵收總收成十分之一的「什一稅」。在經濟上，教會是國家的一大豪强，在封建政治秩序中，它是有權有勢的一大支柱，在思想意識形態、道德輿論領域，它更是至高無上的權威。教會的强櫟地位與爲所欲爲的霸氣，勢必在民衆中積怨頗深，到十八世紀末法國大革命的狂潮中，它也就成爲被沖擊的對象。實際上，早從十八世紀的上半葉開始，教會就已經成爲衆矢之的，不論是激進的還是溫和的思想家，從貝爾、封德奈爾直到伏爾泰、狄德羅、盧梭，都在致力於對神學理論、宗教迫害、教會黑暗以及神職人員的愚民技倆、虛僞腐敗、進行著詰難、非議、抨擊、揭露與抗議。

應該說，《好傢伙修士無行錄》反教會的情緒是非常明顯而激烈的，它幾乎不放過任何一個機會把筆鋒戮向教會人物。小說裡寫的每一樁放蕩淫行，給老百姓戴綠帽子、霸佔民婦、搞同性戀、雜交羣配、亂倫、以性工具發洩肉慾等等，幾乎無一不是教會人物的所作所爲；小說裡出現過的各種各樣神職人員，本堂神父、修道院長、嬷嬷、修女、修士，總共有二、三十人之多，無一不是各有見不得人的穢事，各有醜態表演，作者似乎力圖在證明教會人物的「天命」與「神職」，不過是行淫作樂而已。以此而言，整部小說就是教會淫行的大展覽，它所呈現出來的教會無異於一個大淫窟。

而且，小說在描寫中頗多譏嘲諷刺，出語甚爲刻薄。雖然作者對性關係性行爲津津樂道，但他對教會人物的諷刺至少有兩個「師出有名」。一是他畢竟在道德上確認了縱慾是爲沈淪，蹈淫必遭報應，故而有了對神職人員進行針砭的立足點；更重要的是，他抓住了神職人員口頭宣揚的宗教信仰、道德戒律以及他們的道貌岸然與他們的淫行穢事之間的反差，以子之矛攻子之盾，直朝其虛僞性、欺騙性鞭撻。不論師出何名，作者對教會的態度，是平民情緒的一次有力發洩，而這部小說的出現與存在，對當時的教會來說，也無疑是一個毀滅性的打擊，其作用與啓蒙思想家們那些聲討檄文式的論著，是否可謂「殊途同歸」？

也許正因爲是一部形態完備而又具有一定歷史社會意義的性文學作品，《好傢伙修士無行錄》在法國一直流傳至今，這個譯本就是根據法國一九九二年的新版譯出來的。

目錄

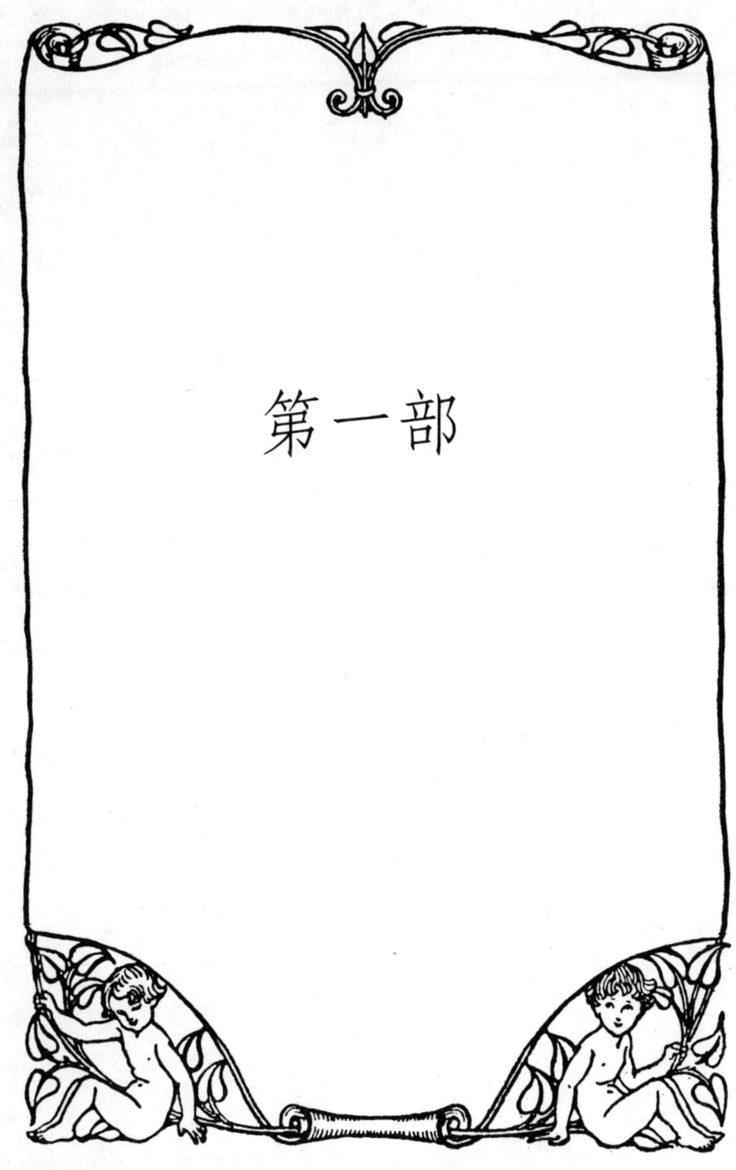

第一部

人生在世，總免不了追歡逐樂，縱欲蹈淫，而一旦醒悟此不過是鏡花水月，徒然損身害命，心中亦會感到何等溫馨的滿足！在迷途上走出去很遠，忽而幡然悔悟，所幸回歸本性，棄絕從前所貪戀的淫欲；不過，此身雖已脫險，心情處於平靜狀態，但仍有餘悸，在遐想中攙雜這種記憶。當然，心有餘悸，則更加慶幸自己得以安生，這倒成爲彌足珍貴的感覺，有助於更好地體味此時寧靜的快意。

看官，這便是我此時的心境。我眞是無限感激萬能的天主，正是天主大慈大悲，將我從沈淪的放蕩的深淵中拉出來，今天又給我勇氣記述我的失誤，以便教育我的兄弟們。

我是R城則肋司定會修士們淫亂的產兒。我講「修士們」，是因爲他們人人都炫耀爲我這個肉體的合成盡了力。然而，我又爲何戛然住口了呢？是由於我心神不安。難道害怕別人指責我在此洩露教會的祕密嗎？噯！不然。我們還是克服這種輕微的歉疚心理，誰還不知道人總歸是人，而修士尤甚嗎？可以說，他們有能力致力於人類的繁衍。哼！爲什麼要禁止他們呢？他們在這方面幹得很漂亮嘛！

看官，也許您焦急地等待我詳細講述我出世的情況。可是抱歉得很，在下還不能立刻滿足您這一好奇心，而是讓您看到，我一個飛躍，卻跳進我長期認作父親的一個農夫家中。

那位老人家名叫安普瓦，在則肋司定修士會的一座鄉下住宅當園丁，那個小村莊離城有幾法里❶。他老婆芳名托乃特，被挑中作了我的奶母。她倒是生了一個兒子，正好在我出生的那天夭折，這一巧合給我的出身蒙上了一層神祕的輕紗。園丁的兒子偷偷埋葬，修士的兒子頂了位置。萬事錢做主。

不知不覺中我長大了，別人始終認爲，我本人也以爲我是園丁的兒子。不過，恕我表現出一點點虛榮心，我敢斷言，我的情趣愛好就能顯示我的出身。不知道上天對修士的衣物施以什麼神力，道袍的功能似乎傳給他們接觸的一切。托乃特便是一個例證。的確，她是我見過最輕浮的女性，而這類女子我倒認識幾位。托乃特一身肥肉，但是妖媚可餐；她那對黑眼睛不大，鼻子向上翹起來，整個人兒顯得性情活潑、風騷多情，而且一身打扮也超過尋常的農婦。她雖非佳看，但對一個正人君子，卻能夠解飢止渴；想想看，在修士們的眼裡，就更是一盤好肉了。

這個浪貨一穿上節日的短上衣，緊緊束住風吹不著、日曬不到的胸脯，突出顯露一對乳房，每當這種時候，我就強烈感到我不是她兒子，或者情願忽略這種身份！

我完全具備修士們的秉性。僅僅受本能的驅使，我遇見女孩子就想摟抱，而且只要對方由著我，我的手就會在她身上亂摸。儘管我還不明確自己能幹出什麼事來，但是我的心卻告訴我，如果對方不加阻攔，我一定會幹得更漂亮。

有一天，家裡人以爲我上學了，而我卻躲在一間小屋裡睡覺。隔壁就是安普瓦的房間，只隔一道薄薄的間壁牆，他的牀舖也頂在間壁牆上。正值盛夏，天氣特別炎熱，我在小屋裡正自酣睡，猛然被劇烈的震動驚醒，聽出是搖撼著間壁牆，一時沒弄清楚這是什麼響動。於是，我側耳細聽，又聽見顫抖的感嘆聲，以及斷斷續續的話語：

「啊喲！……輕點兒，我親愛的托乃特，別這麼性急呀！啊喲！你這騷貨！……你要叫我快活死啊，好，快點兒吧！嘿！快，快！啊喲！……我簡直要死啦！」

我聽見這種感嘆非常吃驚，但還感受不到那種銷魂的全部力量，於是坐起來。我不大敢動彈，生怕別人知道我在裡面。當時我六神無主，心中七上八下。不過，好奇心漸漸取代了不安的心理。我又聽見同樣的聲響，似乎是一個男人和托乃特，他們交替重複我已經聽到的同樣話語。我也同樣斂聲屏息，聚精會神，渴望了解房間裡出了什麼事；這種渴望最後變得十分强烈，竟然抑制了我的種種擔心。我把心一橫，定要弄個明白，如果別無他法，我情願衝進安普瓦的房間，冒什麼風險也在所不惜。其實，我這也是多慮；我伸手輕輕摸索，看看間壁牆上有沒有洞，忽然發覺有一個，是用一大張畫遮住的。我一戳破紙畫，就透進了光線。好一個場面！托乃特躺在牀上，全身一絲不掛，而近來回到鄉下的修道院財務，鮑利卡神父，也和托乃特一樣赤條條的，他們倆正在幹……幹什麼呢？正在幹我們的祖先奉上帝旨意，在大地繁衍人類的事，只是這場景更加猥褻。

目睹這一場面，我又驚又喜，產生了一種難以言狀的强烈的快感。我覺得就是豁出這條命，我也願意處於這個修士的位置上。他眞叫我艷羨！他的艷福眞大！一股無名火焰潛入我的血脈，我滿面發燒，心突突狂跳，同時屏住呼吸，用手握住我這陽物，只覺得它直挺挺，硬梆梆的，如果我稍一用勁，就可以力透間壁牆。此刻神父去勢正猛，繼而從托乃特的身上退下來，正好讓她完全裸露在我這敏銳的目光下。托乃特瞇縫著眼睛，滿臉漲得紅紅的，手臂垂在兩側，她氣喘吁吁，胸脯上下起伏的速度驚人。她還不時收縮臀部，挺挺身子，長長嘆一口氣。我的目光以難以想像的迅捷，跑遍了她身體的各個部位，而每到一處，我在想像中都要親吻千百下。我吮她的奶頭、她的肚子。然而，最美妙的地方，我的目光一射上去便移不開的部位，就是……足下明白我的意思！啊！那個貝殼對我多有魅力！色彩多麼喜人啊！儘管上面附了薄薄一層白沫，但在我看來毫不減色，仍然是那麼鮮艷。我從自己產生的愜意才確認，那便是快感的中心。那上面遮著濃密鬈曲的黑毛。托乃特叉著兩條腿。她身下的褥墊似乎同我的好奇心串通一氣，讓我對她一覽無遺。

修士又上來勁頭，重新投入戰鬥，以新的欲望撲到托乃特的身上，可是心有餘而力不足，連戳多少下都歸徒勞，最後累了，只見他那玩意兒從托乃特的貝殼裡抽出來，已經焉焉的垂下頭。這一撤，托乃特十分掃興，她伸手抓住那玩意兒搖晃。修士拚命搖頭晃腦，渾身亂動，顯然美不勝收，樂不可支了。我觀察他們所有這些動作，單憑天性而無需嚮導，只看示範而無需傳授，一心想弄明白，怎樣才能引起神父這樣痙攣一般亂動。我還從自身尋找原因，感到吃驚的是，一種說不出來的快感，不知不覺在我身上擴大，終於達到極度，我一陣昏亂，撲倒在牀上。天性難以想像地奮發，我全身各個部位似乎致力於我撫弄的這個部位的樂趣；這個部位終於射出了白色黏液，如同我在托乃特大腿間所見到的那一大灘。我從神魂顛倒的狀態中清醒過來，又翻身趴到間壁牆的小洞窺視。可是晚了，最後一場好戲演完，他們已經收場了。托乃特正在穿衣裳，神父已經衣冠整齊了。

我愕了好一陣，還處於驚愕的狀態，神思和心靈充滿了我剛剛目擊的這一艷事，就好像一個人忽見一種奇異的光彩而目眩神迷。我越來越感到驚奇，天性開啓我的心竅，教我不懂的人事，此時大大地擴展，上面遮蓋的雲霧消散了。我明白了每天看見女人產生不同的感覺是何緣故。從心情平靜到無比激動，從無動於衷到强烈渴望，這種難以捕捉的過程，對我來說不再是謎團了。

「嘿！」我不禁嘆道，「他們多幸福啊！兩個人都快樂得發了狂！他們嚐到的歡樂肯定非常巨大！嘿！……他們多幸福啊！」

我的心神耽於這種幸福，一時間都不能思索了。我的感嘆聲音一落，周圍卻是一片沈靜。

「噯！」我隨即又高聲自語，「難道我永遠長不大，也同女人這樣樂一樂嗎？剛才我就感到那麼痛快，如果壓在一個女人身上，我一定會快活死了。自不待言，我剛才的感覺，比起鮑利卡神父和我娘嚐到的樂趣，那就是小巫見大巫了，眞的。」我繼續說道，「我的頭腦也太簡單啦！若得到這種樂趣，難道非要長大成人不可嗎？哼，我倒覺得，這種樂趣不是用人的個頭兒丈量的，只要一個男人趴在一個女人身上，就會自然而然產生這種樂趣。」

我當即想到，要把這種新發現告訴我姐姐。姐姐素宗比我大幾歲，身材不高，一頭金髮，模樣兒很俊俏，那副坦蕩的面容讓人覺得有點愚憨，缺乏對外界的敏感反應。她那雙藍眼睛美極了，充滿無情無緒的溫柔神色，彷彿若不經意地圍著你打轉，其勾魂攝魄的力量，絕不亞於潑辣的棕髮女郎向你飛眼的明亮秋波。這是為何呢？我茫然不解，因為我總那麼粗疏，滿足於感覺，並不深究其中的緣故。也許一位美麗的金髮女郎目光無精打采，似乎懇求你把心給她，而一位棕髮女郎的眼神是要強奪你的心吧？金髮女郎只求稍微憐憫一點她的脆弱，這種懇求的方式很有魅力；你以為僅僅給予憐憫，結果給出去的卻是一顆愛心。棕髮女郎則不然，她希望你脆弱，而她本人並不見得如此。面對這種女人，就會增加戒忌心，實際情況不就是這樣嗎？

說來實在慚愧，我還從未生過欲念，色迷迷地看素宗一眼；這種情形在我身上確也罕見，要知道，我見到所有女孩都要垂涎。固然，素宗是村中貴婦的教女，得到教母的寵愛，在教母家中長大，我難得同她見面。她甚至還在修道院裡待過一年，一週前才離開那裡；正巧她教母要到鄉下來住一段時間，便答應帶她回來看望父母。

我這次目睹了鮑利卡神父和托乃特的交歡，心中頓時燃起熾烈的欲望，要向我親愛的姐姐灌輸這種好事，和她一起嘗試同樣的歡樂。我不再拿原來的眼光看她了。我會笑瞇瞇地注視當初我未留心的種種美妙之處。我覺得她的胸脯初具規模，結實而豐滿，比百合花還白皙幾分。我已經吸吮她那乳頭的兩顆小草莓，感到難以形容的甜美。我在描繪她那些妙處的臆想中，尤其不會忽略那個中心，那個歡樂的深淵，那形象經我勾畫就更加美妙無比了。我這種種意念匯成滾燙的激流，傳遍我的周身，於是按捺不住，急忙跑出去尋找素宗。太陽剛剛西沈，霧氣逐漸瀰漫。我暗自慶幸暮色越來越濃，趁黑夜的時候找到素宗，我的欲望就會達到頂點。我遠遠望見她正在採花。她絕想不到，我正盤算採擷她那花束中最珍貴的一朵花。我飛快跑過去，只見她專心致志，埋頭幹她那天眞純潔的營生。一時間，我還猶豫不決，要不要把我的意圖告訴她。我越跑越近，腳步不覺放慢，渾身猛然悚慄，似乎自責這種企圖，覺得還是應該尊重她的純潔；不過，我之所以躑躅不前，僅僅是因爲能不能得手我還沒有把握。我跑到她面前，心怦怦跳得厲害，說不上兩句話就得喘口氣。

「素宗，妳在這兒幹什麼呢？」我走近前問道。

素宗見我要摟抱吻她，她就格格笑著擺脫，反問道：

「怎麼？你沒看見我在這兒採花嗎？」

「哦，哦！」我又問了一句，「妳是在採花嗎？」

「嗯，眞的呀，」她又答道。「明天是我教母的壽辰，你不知道嗎？」

一提她教母，我就不寒而慄，就好像怕素宗從我心裡逃掉似的。恕我這樣講，在我的內心裡，我已經把她看成保險到手的艷福，一想到她要離開，就感到這場歡樂有喪失的危險，而我儘管還沒有嚐到這一樂趣，但已把這視爲確保無疑了。

「那我就再也見不到妳啦，素宗？」我神色憂傷地問道。

「怎麼會呢？」素宗答道。「我不是總要來這裡嗎？好啦！」她親熱地繼續說，「幫幫手，跟我採一束花吧。」

我不應聲，卻把幾朵花擲到她臉上。她立刻反擊，也朝我臉上擲花。

「喂，素宗，」我對她說，「妳若是再不住手，我就讓妳……我就不饒妳！」

素宗又朝我的臉擲來一把花，以表明她不怕我的威脅。我立刻打消了膽怯的心理。此刻也無需擔心被人瞧見，霧氣濛濛，離遠一點兒就看不見，這給我壯了膽。

我猛地撲向素宗，她用力推開我，我又一把摟住要親她，卻挨了她一記耳光，我就把她摔倒在草地上……她掙扎要起來，我就死也不放，緊緊地抱住她，親她的胸脯。她拼命掙扎，當我要把手探進她裙子裡的時候，她就扯開嗓門叫起來。她抵抗得很凶，恐怕不等我制服她，就會有人聞聲而來。我笑嘻嘻地站起來，以為她不如我想的那樣懂得調情。我這看法又是大謬不然！

「好啦！素宗，」我對她說，「我願意幫妳採花，好讓妳看看我並不想欺負妳。」

「好哇！好哇！」素宗答道，聽她那聲調，至少和我一樣衝動，「幹吧，我媽那不來了，我還……」

「唔！素宗，」我不讓她講下去，急忙搶著說，「親愛的素宗，千萬別告訴她，我會給妳……喏，給妳想要的一切。」

我又親了她一下，算是為我這話擔保。素宗格格笑了。托乃特來到我們面前，我眞擔心素宗講出來，可是她隻字未提，我們一起回家用晚餐。

自從鮑利卡神父來到鄉下住宅，他就拿出新的證據，表明修道院對所謂安普瓦的兒子非常慈愛；我換上了一身嶄新的衣裳。其實，神父大人這樣做，主要不是遵從十分有限的修士的仁慈心，而是聽任往往無邊的慈父的情懷。善良的神父這一慷慨之舉，卻把我的身世置於嚴重可疑的處境。不過，好在鄉下佬都是厚道，事情就是擺在他們面前，他們也看不大出來。何況，誰敢以狡黠的批評眼光，看待神父們慷慨的動機呢？那些修士都是正人君子，都是大善人，在村裡受人敬重，他們總是與人爲善，喜愛女子的貞操，因此村中皆大歡喜。

閒言少敍，言歸正傳，我這人可要有一場精彩的艷遇。

還別說，我這張面孔一副調皮的神氣，倒不會使人對我產生惡感。我穿戴起來整整齊齊，眼珠滴溜亂轉，長長的黑髮鬈垂到肩上，越發襯出我這臉色的紅潤，儘管稍嫌黑紅，但是仍然很中看。這一點自有公論，不能不尊重我所拜訪的好幾個爲人極爲忠厚、品德極爲端正的人的判斷。

前面說過，素宗爲丹維爾夫人採了一束鮮花。素宗的教母丹維爾夫人，是臨城一位市政議員的妻子，這次她回到莊園，是要多喝點牛奶，補一補她那因喝香檳酒和別種緣故而紊亂的腸胃。

素宗著意打扮起來，在我眼中更顯得可愛了。說好我陪她一道去莊園，到了那裡，我們看見夫人正在夏屋中納涼。想像一下她那副尊容吧；她身材不高，一頭棕褐色的頭髮，皮膚倒挺白，那張臉總的看來相當醜陋，面頰紅紅的，一看就知道是香檳地方人；不過，她那眼睛飛靈，脈脈含情，而且乳房豐滿，不失爲一位貴婦人。豐滿的乳房，這是我在她身上首先看到的美質；那對圓滾滾的豐乳，我始終有所偏愛。這也是非常美妙的東西，當你拿在手中，當你……噯！各人有各人的，把這個給我。

夫人一看見我們，便朝我們瞥來和善的目光。她仰臥在長沙發上，沒有變換姿勢，翹著兩條腿，一隻腳著地，而下身只穿一條白色短裙，露出膝蓋，一見可知不難看到其餘部位。上身穿一件白色短胸衣、一件齊腰的粉紅色塔夫綢外衣，旣精心打扮，又顯得很隨便，一隻手插在裙子裡，判斷一下是何用意……我的想像當即洞察，同時心領神會。從此以後，我最擅長的事，就是見一個女人愛一個女人。昨天的發現，促使這種值得稱道的秉性得以勃發。

「喂！你好，我親愛的孩子，」丹維爾夫人對素宗說。「哦，妳又回來看我啦！哈……妳還給我帶來一束鮮花。眞該謝謝妳，我親愛的女兒。來親親我吧。」

於是，素宗上前親了教母。

「咦，」丹維爾夫人把目光移到我身上，繼續說道，「這個漂亮的胖小伙子是誰呀？怎麼！小丫頭，妳找了個小伙子陪伴妳？眞夠意思啊！」

我垂下眼睛。素宗對她說我是她兄弟。我施了一禮。

「妳的兄弟？」丹維爾夫人又說道，「算了吧。」她凝視著我，對我說道：「我的孩子，吻吻我吧。唔！我希望，現在我們大家就算認識了。」

她立刻來個見面禮，對著我的嘴吻一下；我還感到她的小舌頭鑽進我的嘴唇裡，她的一隻手撫弄我的髮鬈。這種親吻的方式我尚不了解，這一吻把我置於異樣的激動之中。我靦覥地看了夫人一眼，正巧遇到她那在半路攔截的火熱明亮的目光，又被逼得垂下眼睛。她以同樣方式又吻了一下，然後才把我放開。剛才她把我摟得緊緊的，休想動彈一下。不過，我絲毫也不氣惱，覺得總可以用禮節來遮掩，反正她說要跟我結識。是啊，初次見面，她就毫無顧忌，又摟又吻，百般愛撫，這樣急切可能在我身上產生不好的效果，大概她這樣一考慮，才把我放開。不過，她考慮的時間持續很短，馬上又跟素宗說話，每一循環都要重複一次：

「素宗，過來親親我。」

開頭，我敬而遠之，閃在一旁。

「怎麼的？」丹維爾夫人又衝我說道，「這個胖小伙子不想過來，也親親我嗎？」

於是我走上前，嘴唇貼到她的臉蛋上，我還不敢逕直吻她的嘴。不過這回我的吻，要比頭一次大膽些。但我在給她的吻中所增添的，也只是她的吻中那股親熱勁兒。她這樣愛撫我們姐弟二人，顯得一視同仁，以便向我瞞過她屬意於我。她這種伎倆也向我提供了正當的機會，別看我相貌長得忠厚，其實我機靈得多。不知不覺中，我就熟悉了這個小花招，不等一個輪廻就搶上前去了。我姐姐漸漸落到後面，我確立了專寵地位，獨自受到夫人的垂青；素宗只得點兒空話而無實惠了。

我們坐在長沙發上閒聊，丹維爾夫人是個愛閒聊的人。素宗在她的右側，我在她左側。素宗眼睛望著花園，而丹維爾夫人目光盯著我。她拿我耍弄玩，扯扯我的髮鬈，時而招一招，時而拍一拍我的臉蛋兒。我也開心地注視她，用手摸她，開頭手還有點發抖，只敢撫弄她的脖頸。她那灑脫的神態對我十分有利，於是我放肆起來。丹維爾夫人一言不發，笑吟吟地看著我，任憑我怎樣動作。我的手起初還很膽怯，可是發現毫無障礙，要想稱意如探囊取物，膽子也就壯了，手不知不覺從脖頸滑向胸脯，快意地按在一個乳房上，覺得這奶子挺硬實，稍微有點彈性。我的心沐浴在歡悅中，我已經把一個美妙的球抓在手裡，隨意擺弄，正要把嘴伸過去，只要朝前一伸就能達到目標。我想，我會乘這好運之風，在福中暢遊；不料一個不速之客大煞風景，可能是魔鬼對我的艷福眼紅，打發一個老猴子來騷擾，說話間，本村那個執法官已到前廳。丹維爾夫人聽到那個怪傢伙的動靜，立刻驚醒，對我說道：

「小壞蛋，你這是幹什麼呢？」

我急忙把手抽回來。我雖說放肆，但也受不了這種斥責，臉隨即緋紅，心下以爲這回丟了面子。丹維爾夫人見我的窘態，便拍了拍我的臉蛋兒，還燦燃一笑，向我示意她只是裝作氣惱，她那副眼神向我表明，她惱的不是我的大膽，而是執法官那討厭傢伙的到來。

煞風景的傢伙進來了。他又是咳嗽，又是吐痰，又是打噴嚏，又是擤鼻涕，這一系列動作完成之後，他便開始致詞，又臭又長，比他那張面孔還要討厭。他若是就此罷休，那也只能算五分罪過。詎料那個無賴似乎到處宣揚，村里無聊的人都要陸續來向夫人致意。我在一旁氣得要命。這時，丹維爾夫人聽完一套恭維的蠢話，答謝之後，便扭頭對我們說道：

「好啦，親愛的孩子們，你們明天來和我共進午餐吧，那時就沒人打擾了。」

我發覺她說這話時，還特意看著我。我從而安下心來，感到我的傾向固然可嘉，就是我這小小虛榮心也得到滿足。

「您一定來呀，聽見了嗎，素宗？」丹維爾夫人繼續說道，「把撒肚男也帶來。」

看官，在下的名字就叫撒肚男了。

「再見，撒肚男。」她說著，又親了我一下。

這樣一來，我就不欠她一點情了。我和素宗告辭回家。

我自覺當時狀態極佳，如果沒有那些不速之客，我在丹維爾夫人面前一定能大顯身手。不過，我對她產生的並不是愛情，而是一種强烈的欲望，要效仿鮑利卡神父和托乃特，也同一個女人幹幹那種事。丹維爾夫人指定的一天之期，我卻覺得漫長難熬。走在路上，我又試圖引起話頭，讓素宗回想我們昨天鬧的那一場。

「妳也太單純了，素宗！」我對她說道。「妳還以爲我昨天要欺負妳嗎？」

「那你想要幹什麼呀？」素宗反問道。

「讓妳快活呀。」

「什麼？」她拿出一副吃驚的神情，又問道，「你的手往我裙子裡摸，還想叫我快活？」

「當然啦。妳若是願意我證明給妳看，」我對她說，「那就隨我來，找一個僻靜的地方。」

我不安地察顏觀色，看她聽了我這話，臉上有什麼反應，結果發現跟平常一樣，並沒有衝動的表情。

「妳願意嗎，說呀，我親愛的素宗？」我邊說邊撫摸她。

「還有，」她又說道，就好像沒有聽見我的提議，「你讚不絕口，說怎麼快活，究竟是怎麼回事兒？」

「是這樣，」我答道，「一個男人和一個女人相結合，他們倆摟在一起，抱得緊緊的，這樣緊貼在一起，就會神魂顚倒。」

我的眼睛一直盯住我姐姐的臉，不放過一點兒表情的變化，果然發現她的欲望漸漸升級，胸脯起伏加劇。

「可是，爸爸有時也像你說的那樣，緊緊地摟抱我，我也沒有感到你向我保證的那種樂趣。」素宗對我說，她的口氣又天眞又好奇，我看是好兆頭。

「這是因爲他不肯像我這樣弄妳。」我又說道。

「哦！你要怎樣弄我呀？」她又問道，說話的聲音都顫抖了。

「我嘛，」我不顧羞恥地答道，「我要把一樣東西塞進妳的大腿裡，他卻不敢。」

素宗的臉刷地紅了，我趁她發慌，就繼續說道：

「瞧，素宗，妳這兒有個小洞。」我說著，指了指她的下身，正是我昨天瞧見托乃特有開口的那個部位。

「嗯！誰告訴你的？」她抬起眼睛，盯著我問道。

「誰告訴我的？」我倒被問得語塞，支吾地說：「就是……就是……哪個女人都有啊。」

「男人呢？」她又追問道。

「男人嘛，」我答道，「在妳們有洞口的地方都有個玩意兒。這玩意兒插進洞口裡，一個女人跟一個男人在一起，這樣才會快活。要我給妳看看我這個嗎？不過，妳得讓我碰碰妳這小裂口。我們倆逗弄玩，肯定非常舒服。」

素宗滿臉通紅。她聽了我這番話好像挺吃驚，不大相信。她不敢讓我把手伸進裙子裡，說是擔心我騙她，過後全講出去。我叫她放心，別人怎麼逼我也不會承認。我還想拉起她的手，好讓她信服我們二人之間的這種差異……她卻把手抽回去。我們就這樣邊走邊談，一直到家爲止。

看得出來，這個小騷貨對我的傳授挺感興趣，如果再有採花的機會讓我撞見，我就不難阻止她呼喊了。我迫不急待，要儘快結束口頭傳授，好進入試驗階段。

我們前腳剛跨進門檻，鮑利卡神父後腳就到了。我猜出他的來意，聽他一說明，我就更不懷疑了，他大人來家共進午餐，自然是知道安普瓦出遠門了。固然，安普瓦在家也無大妨礙，不過，丈夫再怎麼隨和，只要在場，總容易造成尷尬的局面。丈夫，總歸是個不祥的畜牲。

我也毫不懷疑，今天下午我又能看到昨天那場好戲，於是靈機一動，要把這事告訴素宗。我的想法也有道理，要促成我同她的好事，觀看這樣一場戲是個妙法。我先不告訴她，把這場考驗推遲到午飯之後，決意到了不得已才動用這個辦法，就像戰鬥到了關鍵時刻才投入後備隊一樣。

在我們面前，神父和托乃特並不拘束，他們以爲讓我們看見也沒有什麼危險。果然，我瞧見神父的手偷偷溜到桌子下面，扯托乃特的裙子。托乃特朝他微笑，顯然叉開了大腿，讓淫蕩的神父的手指自由來往。

托乃特一隻手搭在餐桌上，另一隻手也溜到下面，一定在酬答神父。我洞察了妙理，思想有了準備，再細小的事情也會有所觸動。神父開心地調情，托乃特也開心地回敬。她的欲望很快達到高潮，覺得我們礙事了，就表示出來，叫我和姐姐到花園裡轉一轉。我自然明白她的意思，我們立刻站起來出去，給他們方便幹別的事情，不用把手伸到桌下搗鬼。我們一離開，他們就要盡歡，我不免眼紅，就想再試一試，儘量說服素宗，而不必非讓她看那個場景不可。我帶她走向一條林蔭路，那裡枝繁葉茂，一片幽暗，正是我能滿足欲念的好去處。素宗看出我的用意，不願意跟我走。

「對了，撒肚男，」她天眞地對我說：「看來你還要跟我談這事兒。好吧，咱們就聊聊吧。」

「我跟妳談的時候，妳聽著開心嗎？」我問道。

她對我講了實話。

「親愛的素宗，」我又說道，「妳聽我講講就這麼開心，想一想吧，若眞的做一做，該有多麼快活啊……」

我沒有進一步講下去，只是凝視她，抓起她的手，按在我的胸口。

「可是，撒肚男，」她對我說，「如果……如果把我弄疼呢？」

「怎麼會弄疼呢？」我笑道，心頭頓時一喜，看來只剩下一個小小的障礙要消除了。「正相反，親愛的小寶貝，一點兒也不疼。」

「一點兒也不疼，」她紅著臉重複道，同時垂下眼簾。「那麼，我若是懷孕怎麼辦？」

這一異議大大出乎我的意料，沒想到素宗懂得這麼多，老實說，我不能給她一個滿意的回答。

「怎麼，懷孕？」我怪道。「女人這樣就能懷孕嗎，素宗？」

「當然啦。」素宗答道，她那肯定的口氣令我震悚。

「咦！你是怎麼知道的？」我又問道，因爲我明顯感到，現在輪到她向我傳授了。

她回答說願意告訴我，但有個條件：我必須終生守口如瓶。

「我相信你會謹愼的，撒肚男，」她又說道，「如果你把我要對你說的話透露出去，我會到死都要恨你。」

我向她發誓絕不講出去。

「咱們坐在這兒吧。」她指著一塊草坪又說道。

那草坪只有一點方便，說話別人聽不見。我還是喜歡那條林蔭路，我們到那裡，別人既聽不見，又瞧不見。我再次提議，但是素宗就是不肯。

實在遺憾，我們就坐在草坪上。更糟糕的是，我看見安普瓦走過來。這回算無望了，我只好認倒楣。不過，我渴望知道素宗要對我說什麼，這種焦急的心情，稍微排解我的懊喪情緒。

進入正題之前，素宗重新要求我做出保證。於是我又賭咒發誓。她還是猶豫，缺乏勇氣。在我極力催促下，她才決定講了。

「既然這樣，撒肚男，我就相信你，」素宗對我說道「你聽著，我先提醒一句，我懂的事兒會令你吃驚。剛才你還以爲教了我點什麼吧？其實，我懂得比你多，等一下你就知道了。不過，儘管如此，你也不要認爲我對你所談的不感興趣，人總喜歡聽奉承迎合的話。」

「好傢伙，素宗！妳講話的口氣像個先知。看得出來，妳在修道院裡待過，那裡眞會調教姑娘！」

「唔！這話不錯，」素宗答道，「如果不是進過修道院，許多事情我還是愚昧無知。」

「嘿！妳知道什麼，快點跟我談談吧！」我性急地說道，「都把人急死了，我眞想知道！」

素宗的敍述

素宗娓娓道來：「就在不久前，一個漆黑的夜晚，我正在酣睡，忽然驚醒，覺得一個赤條條的身體鑽入我的衾被。我正要叫喊，那人卻一把捂住我的嘴，對我說道：

『別出聲，素宗，我對妳沒有惡意。我是修女莫妮克呀，妳不認得了嗎？』

這位修女初來不久，是我最親密的朋友。

『耶穌啊！』我對她說，『親愛的，妳到我的牀上來做什麼呀？』

『因爲我愛妳呀。』她答道，同時摟著親我。

『那妳爲什麼光著身子呢？』

『天氣太悶熱，連穿著睡衣都捂得我受不了。外面下大雨，我還聽見隆隆的雷聲，眞嚇人。妳不是也聽見了嗎？震耳欲聾！噢！我的小心肝，緊緊摟住我，用被單蓋上我們的頭，免得看見可怕的閃電。好哇。噢！親愛的素宗，我眞害怕！』

我倒是不怕打雷，就極力安慰她。這工夫，她的右腿插到我的雙腿之間，左腿伸到下面，她保持這種姿勢，用力磨蹭我的右腿，同時吻我，把舌頭伸進我的嘴裡，還用手連連拍我的屁股。她這樣磨擦一會兒之後，我感到她弄濕了我的大腿，聽她連聲嘆息，我還以爲是怕打雷的緣故，覺得她挺可憐。過了一會兒，她恢復了自然的姿勢。看樣子她要入睡了，我也打算回到夢鄉，忽然聽見她對我說：

『妳睡著了嗎，素宗？』

我回答還沒有，但是快要入睡了。

『妳要丟下我一個人嚇死啊？』她又說道。『是的，妳若是重新入睡，我眞會死掉的。把妳的手給我，我的小心肝，給我。』

我由著她擺佈，她拉起我的手，立刻放到她的大腿縫上，要我用手指輕輕搔她那裂口的上端。我出於友情照辦了，就等著她說聲住手；可是她卻一言不發，只是叉開雙腿，呼吸急促起來，想必挺難受，於是我就住手不搔了。

『嗳！素宗，』她斷斷續續地對我說，『求求妳，別停下，別停下呀！』

於是，我又接著搔起來。

『噢！噢！』她高聲嘆道，同時身子劇烈扭動，緊緊地摟住我，『再快點兒，我的小王后，再快點兒！噢！快呀！噢！我眞要死了……』

她說這話的時候，全身猛然挺直，我又感到手濕了。最後，她長出一口氣，躺在那兒不動彈了。」

「不瞞你說，撒肚男，她讓我做那些事，令我深感詫異。」

「妳就沒有一點兒感覺？」我問素宗。

「嗳！怎麼沒有！」她答道。

看得出來，我剛才所做的一切，給她帶來極大的樂趣，同樣，她若是願意如法炮製，我也會感到極大的樂趣，可是我不好意思向她提出來。然而，她又把我置於尷尬的境地：我既有欲望，又不敢對她說我渴望什麼。我重又美滋滋地把手放在她下身口上，也拉過她的手，讓她撫摸我身上各個部位，單單不敢把她的手放在我感到最需要的地方。莫妮克修女跟我一樣淸楚我對她的要求，可是她很油猾，只聽我擺弄，最後才可憐我的窘態，一邊摟著親我，一邊對我說：

『小壞蛋，我看出妳要怎麼樣。』

她立刻趴到我身上，我就一把將她摟住。

『兩條腿劈開一點兒。』她對我說道。

我照她說的做了。她的手指伸到那地方，正是剛才我手指使她痛快的部位。她也重複她傳授給我的方法。我感到她手指每摳一下，我的快意就增加一分。與此同時，我也同樣爲她效勞。她合攏手掌，放在我的屁股下面，用力推的時候還叫我扭動臀部。哈！她把多少樂趣，撒在這種美妙的遊戲中，但這僅僅是序幕，隨後還有更大的快感。我神魂顚倒，完全喪失了知覺，昏迷在我親愛的莫妮克懷裡。莫妮克也處於同樣狀態，我們二人都一動不動。終於，我從迷醉的狀態中醒來，發覺我跟莫妮克的腿都濕了一片，不明白發生了什麼奇蹟，還天眞地以爲這是我剛流的血。然而，我並沒有驚慌失措，倒覺得剛才嚐到樂趣，反而越發迷戀，特別渴望重新開始。莫妮克聽了我這意思，卻回答說她疲倦了，必須等一等。我急不可耐，便趴到她身上，正如她剛才趴在我身上那樣，兩條腿夾住她的腿，照她那樣磨擦，很快又沈入迷醉的狀態。

『怎麼樣，』莫妮克問道，她見我表現出濃厚的興趣，非常高興，『素宗，我到妳牀上來，妳生氣了吧？是啊，我敢說，妳怪我過來叫醒妳了。」

『嗳！妳知道恰恰相反！』我答道，『一夜這麼痛快，讓我怎麼報答妳呀？』

『小壞蛋，』她親著我又說道，『算了，我才不要妳報答呢。我不是跟妳有同樣的樂趣嗎？哈！妳也讓我嚐到啦！告訴我，親愛的素宗，』她繼續說道，『什麼也不要瞞我：我們做的這事兒，妳就從來沒有想過嗎？』

我回答說從未想過。

『怎麼，』她又說道，『妳就從未把手指放進妳這小陰戶裡？』

我打斷她的話，問她這個詞是什麼意思。

『哦！就是這個裂口呀，』她答道，『剛才我們搔的地方。怎麼！連這個妳還不懂？噢！素宗，到妳這歲數，我可懂得的比妳多呀！』

『這倒是，』我答道，『我絕不能品嚐這種樂趣。你認識我們的懺悔師，傑羅姆神父，是他一直阻止我這樣做。我去懺悔時，總是戰戰兢兢的，每次他都問得很具體，問我跟同伴有沒有淫蕩的行爲，尤其禁止在我身上體驗。我一直非常天眞，相信他的話，可是現在，我知道該如何對付他的禁令了。』

『他不准妳手淫，是怎麼向妳解釋的呢？』莫妮克又問道。

『比方說，』我答道，『他不准我把手指放在妳知道的這個部位，不准我看自己的大腿、自己的胸脯。他還問我用鏡子除了照臉之外，是否還觀察別的部位。類似的問題，他向我提了許多許多。』

『哼！老渾蛋，』莫妮克高聲恨道，『我敢打賭，他一直在妳身上用功夫。』

『是啊，』我對她說，『我在他那懺悔室的時候，他總是動手動腳的，我還一直那麼愚蠢，以爲那純粹是友誼的表示，你教會我如何防備他了。老魔頭！現在我明白他的動機了。』

『哦！他是怎麼動手動腳的？』莫妮克修女急忙問道。

『他嘛，』我答道，『常常吻我的嘴，讓我靠近，說他好聽清楚些；在我懺悔的時候，他的眼睛就盯住我的胸脯，還伸手撫摸，但不准我平時袒露出來，說那是賣弄風情的表現。即使在說教的時候，他的手不但不抽回去，反而越來越往下走，摸我乳房，有幾次甚至摸我的奶頭。他的手縱然抽出去，也是立刻探進他的道袍裡，因爲這塊袍襟一鼓一鼓地掀動。在這種時候，他就用左手把我拉近，用雙腿緊緊夾住我，連聲嘆息，眼神也直了，吻我也比平常更用勁兒，說話斷斷續續，既甜言蜜語，又嚴厲告誡。我還記得有一天，他的手從道袍裡抽出來爲我赦罪，沾著熱乎乎的東西，一點一滴弄了我一胸口。我趕緊用手帕擦掉，那塊手帕就再也不用了。神父一時怔住，說那是他手指流的汗。親愛的莫妮克，妳怎麼看呢？』

『等一下我告訴妳那是什麼，』莫妮克答道。『哼！老孽畜！唉，素宗，』她繼續說道，『妳講的情況，他也這樣對待我，妳知道嗎？』

『怎麼，他也會對妳動手動腳？』我不禁問道。

『當然不行，』莫妮克答道，『我恨死他了，自從懂的事兒多起來，我就不再找他懺悔了。』

『妳是怎麼懂得的，』我又問道，『怎麼明白了他對妳做的那種事？』

『我答應告訴妳，』莫妮克修女答道，『不過，妳不能洩露出去，親愛的素宗，那會把我毀掉的。』」

「撒肚男，」我姐姐沈吟片刻，接著說道，「我不知道她對我講的，該不該告訴你。」

這故事一開場，我就聽得入迷，特別想聽下來，因此能振振有詞，說服素宗不必猶豫。我又是愛撫，又是下保證，終於把她說服了。

下面，莫妮克要通過素宗的口講述了。

不管那名修女的性格顯得多麼暴烈，怕只怕我的表述還沒有達到實際情況；我同她在一起的時間不長，因此只有一個大概印象，還不可能如實地把她描繪出來。

修女莫妮克的故事

我們並不能主宰我們內心的活動，我們生來就受到歡樂的引誘，最初的情感就是由心中萌生的。有些女人很幸運，性情特殊，毫不懼怕理性的禁欲的勸導，並以此爲援手，抵禦她們心欲的趨向。然而，她們這種福氣値得羨慕嗎？不値得羨慕！她們享用她們的理智之果，所付出的代價很高，沒有嚐到歡樂的滋味。哼，別人硬往我們耳朵裡灌的理智，歸根結底，究竟是什麼東西呢？不過是一種虛幻、一個用來禁錮我們女性的字眼兒。對這種臆想的品德頌揚溢美之詞，於我們來說，無非是哄孩子玩的撥浪鼓，以防止孩子哭鬧而已。一些老婦人，因年事已高而對行樂冷漠，抑或因靜修而禁絕欲念，她們不能再尋歡作樂，就向我們百般醜化這種樂趣，以洩她們心頭的憾恨。讓她們嘮叨去吧，素宗，人在年青的時候，無需別的主宰，只應傾聽自己的心聲，只應聽從心靈的勸告。

妳會輕易地相信，我雖有這種傾向，一進修道就要受到束縛，不能隨心所欲了。然而，恰恰是在這個地方，在別人想扼制我的欲望之所，我卻找到了如願以償的辦法。

家母喪夫，失去她第四婚丈夫之後，便以領年金的修女身份，住進這座修道院。當時我年齡尚小，聽到母親做出這一決定，心裡不免怕得要命；我還不能辨析我這恐懼的起因，只覺得要我過不幸的日子了。隨著年齡的增長，我才恍然大悟，明白我憎惡修道院的緣故。我感到缺少點什麼東西：看不到一個男人。起初我只是有點遺憾，不久就開始思索，同男人隔絕的境況，爲什麼我這麼敏感。我思忖，一個男人，到底意味什麼呢？同樣是人，難道和我們不一樣嗎？一看見男人，我的心爲什麼就悸動呢？難道一張面孔比另一張更可愛嗎？不是個原因，在我看來，面孔最有魅力或缺乏魅力，都能令我動心，只有程度大小的區別。我的心衝動與否，並不取決於可愛的面孔；就拿傑羅姆神父來說，他那副長相再怎麼可憎，可是我一挨近他，心就不平靜。顯然，僅僅是男性引起這種衝動。但是爲什麼呢？其原因，我心有所感，卻說不明白。我也實在愚昧無知，思路被捆住，想掙脫也徒勞無益！我了解的情況越多，就越感到迷惑不解。

有時，我就關在臥室裡，冥思苦索；本來我最喜歡有人陪伴，現在只同思考作伴了。我從陪伴的人身上能看到什麼呢？全是女人，而我獨自一人的時候，就只想男人了。我探測自己的心，扣問心中所感的原因；我脫光身子，帶著快感檢查自己，將火熱的目光投向我身體的各個部位；我又開腿，連聲嘆息，在熱切的想像中出現一個男人，我張開手臂要擁抱他。我的小陰戶受到烈火的燒灼，我始終沒有膽量用手指觸碰，總擔心弄疼了；裡面奇癢難捱，就是不敢想法搔癢。有時，我眞受不了，用指尖觸上去，可是又害怕這種意念，趕緊抽回手指，只用手掌心捂住，用力按壓。最後，我就完全投入這種情欲，手指插進去，弄到痲木而不覺得疼痛，只有快感了。極大的快感，我以爲要死過去。等淸醒過來，我又渴望重新開始，這樣反復多次，直到精疲力竭。

這一發現我喜出望外，頭腦也豁然開朗。照這樣判斷，既然我用手指，就經歷了如此美妙的時刻，那麼男人同我們在一起，也必定幹我獨自幹的這種事，他們必定有類似手指的器官，放到我的手指剛才插進的地方。至此已無可懷疑，這就是行樂的陽關大道。我領悟到了這種程度，又感到抓心撓肝，强烈渴望看看男人那東西的眞貨，既然贋品都給我帶來那麼大樂趣。

我從自我感覺出發，洞曉了男人看見女人也會相應在內心產生的感覺，於是想取悅於人，這樣也就開了心竅，想出千嬌百媚的姿態，爲我青春的韶秀可愛錦上添花。可以做出種種媚態：優雅地咬嘴唇，神祕莫測地微笑，瞥去好奇、溫和、深情或淡漠的目光，擺弄圍巾以便把人的目光吸引到胸脯上，俯身又起來，動作既靈巧又敏捷，總之，我有這類小聰明，能極大限度地賣弄風情。我不斷地施展，可是在這裡，有這類小聰明也是枉然。我的心頻頻嘆息，渴望見到一個懂行的人，看我這身手能對他起多大作用。

我堅持不懈地守在隔欄前，期待福運派人來，滿足我的宿願。凡有兄弟來探望的修女，我都交朋友。一聽見呼喚哪個修女，我總是大模大樣地來到會客室前徘徊，一聽見裡面的人叫我，我就跑進去；也不是誇口，那些人看著我，都要把魂兒丟掉。

有一天，我端詳一個漂亮的小伙子，他那精靈的黑眼睛極大地吸引我的目光。有一種微妙的、撩撥人心的感覺，不同於我往常見到男人所產生的樂趣，我暗欣喜，注意力全部集中到那青年身上。我的目光死死盯著他，起初他不以爲意，繼而目光被吸引過來，射到我身上就移不開了。他絕不靦覥，倒是頗有色膽，仗著一張漂亮的臉蛋兒，追逐女人無不得手。他趁著他妹妹扭頭看別處的工夫，就向我打手勢；我莫名其妙，但是礙於他那小小的虛榮心，又不得不裝作領會其意，向他報以微笑。他一見膽子更大了，又做了一個動作：把手伸進他的大腿裡。這回我完全明白了，臉不覺羞紅，但還是側目睨視他那動作。他抽回手，又用左手比劃右手腕給我看，傻瓜也能猜出，那是表示他剛摸的玩意兒有多長。他這一舉動逗得我渾身火燒火燎。羞恥心要我走開，然而心和我串通起來背叛，羞恥的抵抗力量就很弱了。我的目光怯怯地垂下來，但很快又移到魏爾蘭（這是他的名字）身上，我有意裝出一副惱怒的樣子，而眼神裡卻流露出脈脈含情的欣悅。他感覺到了，看出我明白他的意思，看出我無力拒絕，於是趁火打劫，要充分表明他那眼神向我投來的欲火，他左手的拇指和食指合成一個橢圓形，再把右手中指插進圈裡，抽出來再插進去，如此反複數次，同時頻頻嘆息。眞是個無賴，又對我失敬；我本該生氣，但是看他那手勢，我回憶起十分迷人的交歡場面，要惱也惱不起來了。嘿！素宗啊，我覺得他多可心呀！可以想像得出，如果我們單獨在一起，那我就會更加滿意。然而，即便只有他和我兩個人，還有一道隔柵呢，擋住我們不能盡歡。

這時，有人叫我的伙伴。她對我們說去看看有什麼事，馬上就回來。她哥哥趁這工夫，更加明白無誤地向我解釋。不過，他並不對我高談闊論，可是說出來的話卻含義豐富。儘管他的恭維極不禮貌，但我覺得非常自然，回想起來總那麼有味兒。我們女人不喜歡聽口是心非、隨風散去的乏味的逢迎，愛聽不講究分寸、只憑天性流瀉的話語。還是回到魏爾蘭的恭維上來吧，他是這麼講的：

「時間很緊，不能耽誤，您非常可愛，我這傢伙硬起來了，恨不能插進您那裡。快點兒告訴我，有什麼辦法能溜進修道院裡來。」

他這種言行令我十分驚愕，一時愣在原地；他就趁機從鐵柱間探進手來，抓住我的奶子撫弄，還講了一些具有同樣魄力的溫情話。待我從錯愕中醒悟過來，也不想阻止他這種激情。他撫摸我的奶子正起勁的時候，不料被他妹妹撞見了。他妹妹撒起潑來，臭罵我一頓，也臭罵了魏爾蘭。後來我再沒有見到他。

不久，整個修道院都知道了我這風流事。修女們竊竊議論，拿眼瞟著，又說又笑。還常常打趣。我倒不大在乎，只要別傳到老修女的耳中就好。我深信有姿色的修女說話會謹慎，對相貌醜陋的修女就不大放心了。醜姑娘確信自己永遠不會有這種犯罪的機會，個個氣憤填膺，先是小聲議論，後來就大叫大嚷，結果眞讓老修女們知道了。起初我還置之一笑，這回我就不寒而慄了。我確實有理由發抖，因爲老嬤嬤們擧行會議，討論如何懲處一個任人碰奶子的放蕩姑娘。那幫老嬤嬤，乳房已經乾癟得像布袋，都能搭在肩上，在她們看來，我這罪過不容饒恕。會議認爲罪狀嚴重，換個別人就要被趕出修道院。然而，我能帶來一大筆財產，我母親向她們保證讓我終生當修女。這樣，她們只好通融一點兒，對我從輕發落，會議決定僅僅施以懲罰。於是她們來抓人了。我早有預見，就嚴嚴地關在自己房間裡。她們破門而入，一齊上手。我也急了，用牙咬這個，用指甲抓那個，連連用腳踢，撕破她們的頭巾，揪掉她們的軟帽，總之，我拚命自衛，結果敵方師老兵疲，不得不撤出戰鬥。她們這次行動，只得討了一場沒趣，讓人看到六個老嬤嬤未能制服一名少女。當時，我眞變成了一頭母獅子。

是啊，那時我發瘋似的自衛，不遺餘力，只想打退那些老貨，因此顯得無所畏懼，力大無比；然而，撕打一結束，我立刻變得十分虛弱了，從憤怒轉爲絕望，我淚流滿面，深信別人是要淩辱我，並不因自己安然無恙而揚揚得意，心想今後還怎麼在修道院裡露面呢？我要受人嘲笑，人人見我要躲避，不會有什麼人同情我。噢！我蒙受了恥辱！我轉念又一想，應當去找我母親，她要責備我，但是也許會原諒我。一個男孩摸我的……眞的，這有什麼大罪過呢？難道是我願意的嗎？我在頭腦裡就這樣推理。是的，我繼續想道，這就去找她。我抱著這種打算，從牀上爬起來，跨了一步要去開門，不料踩到什麼東西上，絆了一跤；如果不出這點兒意外，我就會去見她了。

我要看看究竟是什麼東西把我絆倒，找了一下便找到了。妳想像一下，我看見一個器官，臉上是一副什麼表情；那是個生殖器，跟眞傢伙一樣，我曾經常想像該是什麼樣子。

「生殖器，啊！生殖器是什麼呀？」我問莫妮克修女。

「唔！」她答道，「妳不想這樣無知下去，這完全取決於妳自己。像妳這樣的美人，多少可愛的騎士想教妳，能享受這種艷福！然而這份光榮非我莫屬，他們無緣得到。我親愛的素宗，生殖器，就是男人的性器官。這樣稱呼妙極了，因爲它是所有器官之王。啊！它配得上這個尊號！女人如果給予它應有的評價，就會把它稱作她們的神靈。對，它是一個神，陰戶就是它的地盤，尋歡就是它的要義，它要到最隱蔽的暗道密室裡去尋歡，它深入進去探測，找到了歡樂，沈湎其中品嚐，和人一起品味，它生在那裡，活在那裡，死在那裡，死了馬上又復生，以便再度尋歡。然而，它的神功並不完全靠它自身。它還要遵從想像和視覺的法則，沒有想像和視覺，它也無所做爲，縮得很小，軟弱無力，不敢露面；有了想像和視覺，它就精神抖擻，神采飛揚，咄咄逼人，能夠衝鋒陷陣，擊倒一切敢於阻攔的東西。」

「等一等，」我打斷莫妮克的話，「妳忘了，妳是跟一個生手談這事情。在妳這讚揚聲中，我的思路迷失了方向，只感到有朝一日，我會崇拜妳講的這個神，不過現在對我來說，它還是陌生的。先得認識，才能夠愛。考慮我在這方面知識貧乏，妳措辭也要相應簡化，妳講的這番話，請再簡明扼要地向我解釋一下。」

「好吧，」莫妮克修女答道。「性器官不行動的時候，就又軟又小，無精打彩，這就是說，男人還沒有受到刺激，或者沒有看見女人，或者沒有產生這種念頭。然而，如果我們到他們面前，袒露胸脯，亮出乳房，顯出我們修美的腰身，賣弄一條腿……一張漂亮的臉蛋兒固然有魅力，但並不總是必不可少的；一點微不足道的東西，往往會觸動他們，引起他們的想像；想像一活躍起來，就會無孔不入，穿透我們身體的各個部位，每一處都描繪出極美的畫像，給奶子增添彈性硬實感，讓乳房秀色可餐，肚腹描繪得又潔白又光潤，大腿滾圓豐滿，小陰阜豐盈隆起，小陰戶富有青春的無比嬌艷。於是他們就想，若能把性器官放進去，他們就會嚐到無法形容的快感。每逢這種時候，他們的性器官就變得又粗，又長，又硬，而且它越粗越長越硬，就越能使一個女人產生快感，因爲它能佔據更大的空間，磨擦得更厲害，進得更深，那種衝擊讓妳痛快，讓妳陶醉。」

「唔！」我對莫妮克說，「我深受教益，眞是不勝感激！現在我知道討人喜歡的辦法了，一有機會，我就袒胸露懷，亮出我的乳房。」

「要注意，」莫妮克修女說道，那還不是眞正的妙法兒，妳還想不到，這方面非常講究技巧。男人在他們性欲過程中表現很怪，他們離開我們就嚐不到這種樂趣，可是輕易得到又非常惱火。他們天生有一種嫉妒的心理，討厭一切不是來自他們身上的東西，希望別人把要給他們看的物品蒙上輕紗，留給他們想像的餘地；其實這樣，女人一點也不吃虧，就讓男人憑想像描繪她們的魅力好了；他們的想像碰到可意之點就更加奔放，因此描繪女人時絕不會醜化。告訴妳吧，正是男人心目中的這種形象，引發他們的情欲，或者愛情，其實兩者是一碼事。有人說：『先生愛上了夫人』，再換一種說法：『先生看見夫人，心中就產生了欲念，渴望把他的性器官放進她的陰戶裡。』兩種說法是一個意思，而且後一種更能體現眞意，但是這樣講不合禮俗，就說：『先生有了心上人。』」

莫妮克修女講的這些情況，我聽得入了迷，就更急於了解她這故事後來如何，催她接著講下去。

「好吧，」莫妮克又說道，「剛才話題扯開了一會兒，不過，這一細節對妳的性教育是必不可少的。言歸正傳，我拾起器官一看，大吃一驚。」

「我屢次聽人提過的陽物器，知道老嬤嬤就是用這種器物，來安慰嚴酷的孀居生活。這器物是模仿男性生殖器而製作的，並用來替代其功能，裡邊是空心的，灌進熱牛奶，能以假亂眞，人爲地用牛奶替代男人器官天生能流出的東西。使用它的人，把它插進陰戶裡反複磨擦，覺得還應當增加點兒刺激時，就拉一個小彈簧，放出牛奶。她們就是用這樣假貨欺騙自己的性欲，嚐到點甜滋味，從而忘掉現實生活的甜美。」

照我的判斷，剛才那幫老嬤嬤前來向我進攻，在撕打中，這寶物一定是從其中一人的兜裡掉出來的。不過，我還難以肯定這就是陽物器，然而我的心卻這麼告訴我。看見這東西，我的痛苦頓時煙消雲散，心裡只想手裡拿的這玩意兒，打算當場試一試。老實說，這麼粗我看著都害怕，但是又感到興奮。畏懼的情緒很快讓位於它所引起的欲望。我即將嚐到的快感的先聲，一股溫馨的熱感傳遍我的周身。我因激動而渾身顫抖，還連聲長嘆。

我先把房門鎖好，以免再有人闖進來。我的目光始終不離開這陽物器，開始脫衣裳，心中激蕩的强烈情欲，好像要讓人抱上婚牀的新娘。要令我醉倒的歡樂，還會埋葬在祕密中，我這樣一想，就是快樂得發狂，手握著這寶貝撲到牀上。可是，我親愛的素宗，我一試才發現插不進去，又是多麼懊惱啊！我氣極敗壞，使出渾身解數，把我這小陰戶扒開，用力往按這陽物器，幾乎要把我這可憐的小陰戶撕裂，弄得我疼痛難忍。我仍不氣餒，以爲抹上點香脂就能張大一些，於是又抹了香脂。我的下身已經流血了，血和香脂混合起來。我處於高度亢奮的狀態，弄得陰戶流了血，無疑打開了通道，只可恨這陽物器大得出奇，眼看歡樂近在咫尺，就是達不到。我怒不可遏，加倍用力，但還是徒然，可惡的陽物器彈出來，給我留下的只有疼痛。啊！我嘆道，如果魏爾蘭在這兒，性器官就是再粗，我也有勇氣忍受啊！不錯，我一定能忍受，能夠跟他配合，哪怕他把我撐破，哪怕我會疼死！只要是他往這裡面插，我死了也高興。我還嘆道：若是他把我弄疼了，但給了我歡快，這種疼痛也是溫馨的。我要摟住他，摟得緊緊的，他也把我緊緊摟住，我跟他嘴對嘴，吻他那火熱發紅的嘴唇，吻他那眼睛，那充滿情欲的黑眼睛；他把我摟在懷裡！多麼愜意啊！他跟我同樣衝動興奮！我要把他當成偶像！對，我要崇拜他！他那樣一個漂亮的小伙子也値得崇拜；我們的心靈會交融，會在我們滾燙的嘴唇上結合起來。啊！親愛的魏爾蘭，爲什麼你不在這裡啊？你若在這兒，該有多麼甜美啊！愛情將爲我們發明多少樂趣，我要投入情欲啓發我的各種歡樂。可是，唉！我爲何欺騙自己，耽於這種美夢呢？唉！我獨自一人，孤零零一個，更痛苦的是，我手中握著一個影子，一個尋歡的模型，它只會增加我的失望，只會引發而不能滿足我的欲望。我接著咒罵這個陽物器，怒沖沖地把它拋到房間中央，可惡的器物，去給一個用得著妳的可憐女人製造快感吧，我根本用不著妳，我的手指勝過妳千百倍！於是，我立刻用手指解決問題，得到極大的樂趣，便忘記了用陽物器尋歡不成的事；我精疲力竭，想著魏爾蘭進入夢鄉。

次日很晚才睡醒，一覺醒來，情欲減緩了，但是我要出修道院的決心絲毫未變。促使我做出這種決定的理由，還令我感到更有實施的必要。從此，我就認爲此身自由了。這種自由，我首先就用來睡懶覺，在牀上一直躺到十點。敲他的鐘吧，我就是不露面。想想我這麼不馴服，會惹那些老貨多麼惱怒，我心中就竊喜。最後我還是起牀，穿上衣服，既然要照計行事，我就先撕掉修女的面紗，認爲這是受奴役的一種標誌。我感到心自由多了，彷彿跨過一道始終禁錮我自由的障礙。我在房間裡踱來踱去，忽又看見這個該死的陽物器，不覺一愣，隨即停下腳步，將它撿起來，回頭坐到牀上，細細端詳它。我拿在手中賞玩，感嘆道：它眞美呀！它眞美呀！它眞柔軟呀！可惜太粗了，我的手勉強能握住。然而，它對我毫無用處，……

是啊，我永遠也用不上，我繼續說著，又撩起裙子，試圖把它插進昨晚我用力過度仍然疼痛的部位。還是難於插進去，只好再次使用手指。眼前的器物給我勇氣，我自我尋歡直到精疲力竭，直到痲木，甚至感覺不到快意了，手指僅僅機械地活動，而心毫無感覺。暫時倒了胃口，我又靈機一動，產生一個十分得意的念頭，自言自語地說道：我要出去，再也不必顧忌什麼了，出去大鬧一通，把這玩意兒拿給院長嬤嬤，看她見了怎麼受得了。

在去院長嬤嬤房間的路上，我事先就感到一種欣慰，心想我一給她看這陽物器，她準會羞得無地自容。房間裡只有她一個人，我放肆地走到她面前，對她說道：

「嬤嬤，我完全清楚，發生了昨天的事情之後，在妳們企圖凌辱我之後，我就不能在您這修道院裡體面地待下去了。」

她吃驚地望著我，沒有應聲，我就趁機繼續說道：

「不過，嬤嬤，先不說這種極端的做法，就算我有過錯，這一點我是不能承認的，因爲那個無恥的魏爾蘭那麼粗暴，根本不容我自衞，不過就算我有過錯，您訓斥我一頓也就夠了。儘管這樣也會冤枉我，但我還是能夠容忍，只會暗自呻吟，而不會口出怨言，既然事情的表象對我不利。」

「訓斥一頓！」院長冷淡地答道，「小姐，您幹出那種事，只是訓斥一頓……您應該受到嚴厲的懲罰，不過，令堂是位聖潔的婦人，我們看在她的面上，對您……」

「您並不懲罰所有犯罪的修女，」我氣憤地打斷她的話，「這座修道院裡，還有人幹別的勾當呢！」

「別的勾當，」她又說道，「您指出是誰，我一定懲罰她們。」

「我不能一一向您指出來，」我答道，「但是我知道，昨天對我那麼兇的人中間，就有一個。」

「啊！」院長厲聲說道，「簡直太厚顏無恥啦！簡直由著心墮落，由著思想放縱！天理啊！犯了極大的罪過，還要肆意誹謗，指責我們最聖潔的嬤嬤！這不喪盡天良嗎？她們可是行善、守節、苦修的表率啊！」

我不慌不忙，讓她把讚美的話講完，見她一住口，就冷靜地從我道袍裡抽出陽物器，舉給她看：

「喏，」我以同樣冷靜的態度說道，「這就是她們聖潔、美德和貞節的明證。」

至少是她們當中一位的明證。」

這時，我觀察這位道貌岸然的院長的顏色；她瞠目結舌，滿臉通紅，怔忡地看著我。看她那不由自主的反應，我就不再懷疑陽物器是她的；等她猛然從我手中奪過去的時候，我就更加確信無疑了。

「哦！我親愛的孩子，」她對我說道，顯然我歸還了失物，她就同我和解了，「哦！我親愛的孩子，一所修道院有這麼多以身作則的榜樣，怎麼可能有被上帝遺棄的靈魂，幹出這種下流事呢？噢！天哪，眞叫我忍不可遏！不過，我親愛的孩子，您找見的這東西，千萬不要講出去，否則，我就不得不採取嚴厲措施，進行調查，而我還是願意採取穩妥的辦法。可是我要問你，親愛的孩子，爲什麼您要離開我們呢？好啦，還是回房間吧，這件事我一定妥善處理，就說她們弄錯了。請相信我對您的感情，我非常喜歡您。您也不必擔心，儘管發生了這種事情，別人絕不會鄙視您的。看來，我們確實錯怪您了。我要好言勸勸魏爾蘭小姐。耶穌，我的上帝啊！」她瞧著陽物器，繼續說道，「魔鬼眞狡猾啊！我想這是一個……上天寬恕……噢！見不得人的東西！」

院長嬤嬤的話音未落，我母親走進來了。

「嬷嬷，我聽說了，到底是怎麼回事兒？」她問院長。

隨即，她又扭頭對我說道：

「您，小姐，爲什麼您也在這裡？」

問得我措手不及，總得回答呀，我臉紅了，垂下眼睛。母親又追問，我支支吾吾答不上話來，多虧院長替我回答，而且講得很機警，在別人同我的這場衝突中，她沒有完全派我的不是，而且責備我的話也頗溫和，不會給人留下我有多大罪過的印象。我的過錯在於一時不慎，而內心毫無非分之念，只怪一個青年膽大妄爲，粗暴無禮，今後絕不讓他再來探視。說到底，罪過全在魏爾蘭小姐身上，是她把事情鬧大，她本應考慮她哥的名譽，至少也應考慮我的名譽，這事兒不可聲張；不過，院長說，我的名譽不會受到絲毫汚損，因爲她要洗刷別人對我的侮辱。這樣處理，我當然不能奢求。可是，我的臉都氣白了，在這個事件中，別人雖說不會侮辱我了，但還是可能認爲錯在我這一邊。這我絕不會同意的。母親挺同情我，用溫存的話語勸慰，令我感動。

爲了主的榮耀，熱忱的靈魂善於利用一切。院長和我母親達成了共識，我不幸引誘人犯了罪，即使是無意的，我也應當同聖父和解，誠心誠意地進行苦修。她們還對我勸誡，那些話聽起來無聊，這裡就不向你贅述了。

母親向我講道，幾乎使我皈依了。然而，要供認自己的過錯，我又難於啓齒；這樣，我是否眞心改悔，大概就引起別人的懷疑。我的懺悔與其說是自願的，倒不如說是傑羅姆逼出來的。那個老孽畜，天曉得他懷著多大的興趣！我從未向他講過這麼多，這還沒有全部告訴他，因爲，一名少女尋求點寬慰，讓人撫摸，又不是她自己主動的，我並不相信上帝認爲這有多大罪過。她產生欲望，產生愛戀，難道這是她的過錯嗎？她沒有丈夫滿足她的性欲，難道這是她的過錯嗎？欲望要呑噬她，欲火燒她，她就用天性的辦法來平熄欲火，這樣做一點罪也沒有。

儘管我向傑羅姆神父故弄玄虛，有意挑逗，但是我不讓他沾我的身。這是因爲悔改嗎？不是，眞正的原因是神父不肯赦免我的罪。我擔心他提供誹謗我的新口實，因此傷心得流下眼淚。我又怕這副愧疚的樣子出去，讓我的冤家們瞧見又該得意了，於是走到神壇前，跪到祈禱跪凳上，哭得睏倦了，便昏沈沈睡著了。我做起美夢，夢見跟魏爾蘭在一起，他摟著我，雙條腿緊緊夾住我。我劈開雙腿，擺好迎接他的姿勢，他則狂熱地撫弄我的乳房，又是擠壓，又是親吻。極大的快感使我醒來，眞的有一個男人摟住我。我還沈浸在甜美的夢境中，以爲我時來運轉，幻景變成了現實，以爲是同我那情人在一起。然而並不是他。那人在身後緊緊摟住我，我剛一睜開眼睛，就由於快感而重新閉上，沒有勇氣瞧瞧給我快感的人。我感到裡面湧入熱乎乎的液體，那人連聲嘆息，有個滾燙的硬梆梆的東西插在裡面，我也頻頻嘆息。與此同時，我感到我的體內各個部位暢快地溢出同樣的液體，同那人再次射出的液體相溶合，這又使我在跪凳上迷醉過去，一動不動了。

這種快樂如果持續永久，那就會勝過天堂千百倍。唉！可惜結束得太快了。我不禁一陣恐懼，心想已是夜晚，我獨自一人待在教堂裡。同誰在一起呢？我不知道，也不敢弄清楚，一動也不敢動，只是閉著眼睛，渾身顫抖。這時，我感到那人撫摸並親吻我的手，渾身抖得就更厲害了。我心情非常緊張，沒有把手抽回來，也沒有這個膽量。等到聽見耳邊輕聲的話語，我才稍微放下點心來。

「別害怕，是我。」

這聲音彷彿聽到過，有點印象，這給了我勇氣，問他是誰，但還是沒有膽量看他。

「唔，我是馬爾丹啊，」那人答道，「就是傑羅姆神父的跟班。」

聽他一報名，我的恐懼感就打消了，不再怕抬起眼睛，一看果然是馬爾丹。他的個兒頭不高，一頭金髮，人很機靈，模樣挺俊，是個多情的種子。啊！他確實多情！他渾身也抖起來，期待我的回答，好準備繼續吻我還是逃開。我並不回答，但是我的眼神裡含著笑意，還有我剛才感到的快意的影子。他看出這並不是惱怒的神色，於是激動地投入我的懷抱。我也同樣激動地摟住他，全然不顧修道院裡會有人發現我不在，會來找我並撞見我們。怎麼對你說呢？這是愛情，怎樣都可以原諒。我們就在神壇前的台階上，有瀆神壇，馬爾丹俯身撩起我的裙子，撫摸我的全身。我也像他那樣激動，伸手握住他那陽物，這是我有生以來，破天荒頭一遭撫弄一個陽物。啊！他那個多美呀！個頭兒不大，但是挺長，對我正合適。一股熾烈的火焰、一種快意的奇癢，立刻傳遍我的周身。我默不作聲，手中緊緊握著這寶物，一邊端詳，一邊撫玩，把它拉到我的乳房，拉到我的嘴邊，我吮吸著，眞想一口把它吞掉。馬爾丹的手指則探進我的陰戶裡，輕輕蠕動，抽出來再插進去，如此反復，時時更新我的快感。他親吻並吮吸我的肚腹、陰阜和大腿跟，那滾燙的嘴唇一離開這些部位，又移到我的胸口。一時間，我的周身讓他吻遍，實在抵禦不住這情歡的攻擊，乾脆仰身躺下，用右手臂深情地摟著他，把他輕輕地拉過來，同他接吻，左手同時拉著我的全部心願之物，試圖塞進我那裡面，好為我製造更充分的快感。他也同樣衝動，趴到我身上，開始往裡推進。

「停一停，」我連連嘆息，斷斷續續地說，「停一停，我親愛的馬爾丹，不要進得這麼快，稍微停一會兒。」

說著，我順勢滑到他身下，儘量叉開兩條腿，小腿摟住他的腰，這樣，我們的大腿緊貼著大腿，肚子緊貼著肚子，胸口緊貼著胸口，嘴對著嘴，舌頭搭在一起，嘆息相交匯。啊！素宗，這是多麼美妙的姿勢啊！我什麼也不想，甚至連我的歡樂都不想；只是全副心思進行體會。然而，我又急不可耐，不等體會多久，就猛地一用力，馬爾丹也一用力，我們的歡樂就隨之消失了。不過在消失之前，我們感到這種歡樂達到極點，彷彿集中最迷人的利箭一齊射中我們。我們半晌失去了知覺，後來睜開眼睛，重又摟在一起，可是徒然呼喚，快感不肯再來了。

莫妮克繼續說道：素宗，是時候了，應當告訴妳，傑羅姆的聖水是什麼，有那麼一天，他也要往妳胸口灑這種聖水，為妳贖罪了。

等馬爾丹離開我的懷抱時，我頭一個舉動，就是伸手摸摸我受巨大衝擊的部位，裡外都是黏液。這種液體射出來時，曾給我極大的快感，現在它變得冰涼，一點熱氣都沒有了。這種稠乎乎的白色液體，是從男性器官射出來的，或者從陰戶分泌出來的，統稱爲精液。射精的序曲就男女交歡。

「剛才，妳怎麼流得哪兒都是呢？」我不禁問莫妮克。

「這倒是，」莫妮克答道，「妳也弄到我身上了，小騷貨。妳不覺得妳這小陰戶濕漉漉的嗎？這就是精液。不過，我親愛的孩子，比起在男人的懷抱裡所得的快感，妳剛才嚐到的快感要遜色千百倍。因爲，男人給我們的，同我們給男人的攙和起來，然後回流，深入到我們裡面，燒灼我們，時而清爽，時而滾燙。多麼甜美啊，素宗！唔！我親愛的素宗，語言是不足以表達的，甚至想像也不足以表現！不過，」她繼續說道，「妳還是聽我把這段風流事兒講完吧。」

不難想像，做愛之後，我的衣裙全弄皺了，我儘量弄平，又問馬爾丹幾點鐘了。

「唔，還不晚，」馬爾丹答，「剛才我聽見開晚飯的鐘聲了。」

「晚飯我就不去吃了，」我又說道，「我要趕快回房睡覺。不過，我親愛的馬爾丹，在分手之前，你要告訴我，你是怎麼碰巧在這兒的？你又是怎麼敢來對我……？」

「哦，這還用問，」馬爾丹答道，「我的膽子可不小，告訴妳吧，事情是這樣。我是來佈置教堂，您也知道，明天是個大節日。我發現您在這兒，就一邊斜眼瞟著您，一邊在心裡嘀咕：嘿！這兒有位小姐在祈禱仁慈的上帝。別人都忙著去吃飯，她在這個時候還來教堂，一定是太虔誠了，什麼也不顧了。咦，她恐怕睡覺了吧？我這樣自言自語，看見您腿一動也不動，沒錯，準是在睡覺呢。瞧瞧去，我這樣想著，就湊到您跟前，一看您眞的在睡覺。我站在這兒，盯著您瞧了一會兒，我的心也撲通撲通直跳。魔鬼可眞狡猾呀，他銜著我的耳朵說：馬爾丹，起碼說，她的模樣兒很俊，這可是件美事啊，我的孩子，要拿定主意，機不可失，失不再來呀！馬爾丹。眞的，我立刻就打定了主意，悄悄地把您的衣領解開，看見兩個白白的小奶子，於是，我就伸手去摸，這還不算，我還輕輕地吻，這還不算，我看您睡得跟死豬一樣，就想幹點別的事情，這別的事情還眞幹了，我不管三七二十一，從後面把您的襯裙扒下來，這還不算，我又往裡戳，這還不算，當然啦，後來的情況您全知道了。」

儘管他言語粗鄙，可是，我挺喜歡他向我解釋的那種憨厚天眞的樣子。

「怎麼樣，親愛的朋友，」我又問道，「你覺得非常痛快嗎？」

「這還用問！」馬爾丹答道，又摟著我親了親，「簡直痛快極了，您若是願意，我眞想再來一回。」

「不，現在不行，」我對他說道，「恐怕會有人發現點兒情況。你不是有教堂的鑰匙嗎，你若是願意，明天半夜來，把門虛掩著，我來找你，你看好嗎，馬爾丹？」

「唔，見鬼，」馬爾丹答道，「那就說定了，到那時候，就沒有密探了，咱們倆就玩個痛快。」

我向他保證一定去。馬爾丹說分手之前，他還想再幹一小下；我考慮還是應該謹愼，就抑制內心的欲望，拒絕他的懇求。我這樣拒絕，再不給他點安慰，讓第二天有個盼頭，那就會使他傷心了。我們又擁抱親吻，然後我回修道院，回到自己的房間，路上幸而無人瞧見。

不難猜出，我急不可待，要回來檢查一下，看看我受衝擊之後處於什麼狀態。我感到大腿間灼痛，走路都困難。我把一盞燈拿進寢室，拉好窗簾，以免被人瞧見。我坐到椅子上，一隻小腿搭著牀舖，另一隻踏著地板，開始仔細察看，一看吃驚不小：我的陰唇當初多麼挺實，圓滾滾的，現在卻軟塌塌的，彷彿萎謝了。上面覆蓋的稀稀落落的毛，雖然還有點濕潤，已然形成上千個小卷。陰唇裡側鮮紅鮮紅，極度敏感，由於發癢，我又用手指摸摸，可是疼得立刻抽回來，只好往椅子的扶手磨蹭，在扶手上留下馬爾丹給我的雄健的印痕。快感在同疼勞搏鬥。但是不知不覺中，我的眼皮沈得挑不開了，於是上牀休息，沈沈入睡，只有這場歡樂的情景時時入夢，打斷我的酣睡。

次日，別人並沒有對我說什麼，認爲我沒有露面，可能是我對這次處理表示不滿的餘波。我也保持一副凜然不可侵犯的神態，以證明她們的這種看法。我隨大家去做彌撒，所有女伴都領了聖體，獨有我例外；老實說，我已然不在乎恥辱，無需循規蹈矩了。愛情打消許多成見。我那小情郎在教堂裡轉悠，對我來說，見到他的面就足以補償了。如果以同樣的代價，我的同伴中，大概不止一人會離開她們所追求的精神食糧。

我向情郎投去的深情目光，要超過向神壇投去的虔誠的目光。在一位上流社會的女士看來，馬爾丹也許只是個頑童，然而在我的眼中，他就是愛神的化身，他青春年少，全身無處不招人喜歡。我了解他那隱祕的長處，因而稍微忽略他那不大整肅的外表。不過那天，他倒注意打扮了一下，人比往日顯得精神些。我感謝他這份兒用心，也願意相信他是想取悅於我，而不是節日儀式的緣故，什麼也逃不過情人的眼睛。我看見他頻頻向這邊瞥來目光，想從修女中發現我。我注意隱蔽，不願意讓他認出來；但是，這種尋覓儘管徒勞，如果他不花費這份心思，我反倒要生氣了。有什麼可說的呢？我墜入了情網，愛得如癡如狂了。你想想看，我是多麼焦急地盼望夜晚來臨，好履行我向他許下的諾言。

熱切盼望的夜晚終於來臨，半夜鐘聲響了。噢！我多麼心慌意亂啊！穿越走廊時，我渾身直發抖；明知所有人都進入夢鄉，我還是覺得人人睜大眼睛盯著我。指引我走路的，只有我愛情的一點光亮。我在黑暗中摸索著朝前走，心中不住地唸叨，如果馬爾丹失信爽約，那我會痛不欲生的！我親愛的馬爾丹果然赴約了，他同我一樣癡情，同我一樣急切，一樣準時赴約了。天氣挺熱，我穿得很單薄，昨天我發覺穿著襯裙、內衣、胸罩都非常礙事。我一感到教堂的門是虛掩著，就一陣狂喜，連話都說不出來了。我一關上門，就立刻低聲呼喚我的親愛的馬爾丹。他已等在那裡，跑來同我抱在一起，連連吻我，我也報以同樣的親暱。我們緊緊摟抱了許久，才從最初的衝動中醒過來，就要相互刺激更大的衝動。我伸手握住我的歡樂的源泉；他也知道我那處急不可待，伸手去撫摸。很快，他就進入能滿足欲望的狀態了，於是脫掉衣服，鋪在地下，讓我躺上去。我們的交歡持續了兩個鐘頭，動作極快，一陣緊似一陣，都容不得我渴求。我們這樣盡歡，就好像這種情歡我們從未嚐過，就好像今後再也嚐不到了。在交歡最熾熱的時候，就不大考慮如何能持久一些。果然，馬爾丹開始鬆懈，不能同我的欲火相持了，只好脫離愛的懷抱，只好從裡面抽出來。

我們作樂的日子，僅僅持續了一個月，這還包括必要的停歇時間。在間歇的時候，雖然見不到我的情郎，但是卻充滿思念他的樂趣，充滿再次幽會便又有無限歡樂的愜意念頭。啊！多少幸福的夜晚，在他的懷抱裡倏忽過去，隨之而來的夜晚又多麼漫長啊！

我親愛的素宗，妳要加倍注意聽，加倍向我保證永遠忠實於我，絕不洩露我只告訴你的這個祕密。素宗啊，傾聽最稱心的愛戀，毫不思索就沈溺其中，這有多麼危險啊！我所嚐到的歡樂固然非常美妙，然而隨之而來的不安，也令我付出很大代價。我多麼後悔墮入情網啊！這一失足的後果，經過我的想像，情況十分可怕，我禁不住飲泣，哀吟……

「妳究竟出什麼事兒啦？」我問道。

「我發現月經不來了，」莫妮克答道。「日期已經過了一週，還是未來。我非常驚訝。從前常聽人說，月經斷了，就是有身孕的一個徵兆。同時，我還總是噁心，渾身無力。噢！我高聲哀嘆，這事兒千眞萬確啦！眞倒楣啊！唉！我太不走運了，現已無可懷疑，我懷孕啦！這樣苦思苦索之後，便淚如泉湧。」

「當時妳懷孕啦？」我驚奇地問這位修女。「噢！親愛的莫妮克，唉！妳如何逃過那一雙雙眼睛，不讓她們知道啊？」

「起初，」莫妮克答道，「我還只苦於弄淸這一不幸的事實，還沒有爲後果而苦惱。這事兒是馬爾丹引起的，解鈴還須繫鈴人。我雖然發現這一情況，但還是照例去赴幽會。儘管惴惴不安，心驚膽戰，我還是越來越迷戀。情歡不可遏止，拖著我衝向前。還能發生什麼更糟的情況呢？我心想，反正我的不幸已經達到了頂點。至少讓肇事者來安慰我吧。」

馬爾丹做愛一如往常，並不見緩慢。一天夜晚，他向我表明了這種愛之後，發覺我不時哀嘆，我的手在手中也不住發抖，還不知道我的肉欲滿足之後，不安的情緒，重又取代情愛在我心中一時佔據的位置。他急忙問我爲什麼這樣意亂心煩，溫和地抱怨我不該向他隱瞞我的苦惱。

「哦！馬爾丹，」我對他說，「親愛的馬爾丹，你把我毀啦！你不能說我對你的愛不是始終如一，我的懷中就有一個令我痛苦不堪的明證：我懷孕啦。」

這種消息大大出乎他的意料。驚詫之後，他又陷入沈思，不知有何想法。形勢嚴峻，馬爾丹是我的全部指望。我見他一聲不吭，不禁感到沮喪，心想也許他在考慮逃跑，一走了之，把我拋在絕境中。噢！但願他留下來，我寧肯因愛他而喪命，也不願意對他懷恨而死。我泫然淚下，他見我流淚，就爲我擦乾淚水，勸我不必傷心，顯得十分溫存，十分鍾情，而我還怕他變心，以爲他正打主意要背棄我的愛。他一邊摟抱著吻我，一邊對我說他已經想出了辦法。他的保證給我的喜悅，還抵不上我發現自己懷疑錯了而感到的歡欣。我見他這麼有保握，非常高興，很想知道什麼辦法這麼靈，能把我的負擔卸掉。他回答說想給我飲一種藥水，藥水就放在他主人的書房裡，在我之前，安琪兒嬤嬤就喝過。我又想了解傑羅姆神父同安琪兒嬤嬤有什麼特殊關係。我恨死了這個嬤嬤，在會客室柵欄出事的那天，她來討伐我，表現得特別激烈。我一直以爲她是貞潔的女人，眞是看錯了人！她對人特別嚴厲，就因爲她善於掩飾她那罪孽的性情，用守節的輕紗遮住她那淫蕩的習好，就因爲她同傑羅姆神父串通一氣，狼狽爲奸。馬爾丹把事情的情況全部向我講述一遍。他說在收拾他主人的文件時，發現一封信，安琪兒嬤嬤在信中告訴神父，由於過分聽從他的話，她遇到了跟我一樣的痲煩；當然，我也是過分聽從馬爾丹的話，才落到這種地步。傑羅姆神父給了她一小瓶藥水，正是馬爾丹要我喝的那種藥。安琪兒嬤嬤收到那一饋贈，顯然樂不可支，便寫了第二封信，告訴她的老情人說，那藥水靈極了，再也沒有一點痲煩，準備重新開始幽會。

「唔！我親愛的朋友，」我對馬爾丹說，「明天你就把藥水拿來，把我從所有的煩憂中解脫出來吧。」

我還看得更遠，認爲利用那些信件，我就能向安琪兒嬤嬤報復，解我心頭之恨。我向馬爾丹討那些信件，他以爲這是向我表示愛的機會，次日連同他答應的藥水一齊拿來了，卻沒有意識到這種冒失的行爲，後來讓我們付出多大代價。

我考慮過，深更半夜，我的寢室如有光亮，就可能被人瞧見，暴露我自己，我還是忍耐一點，等到天亮再看那個嬤嬤的信。天終於亮了，我看了信。信寫得很有感情，措辭相當放縱，比較其人一本正經的面孔和擧止來，反差顯得極大。她在信中描繪她的癡情，那種勾勒和說法，我絕想不到會出自她的手筆。總而言之，她毫無顧忌，以爲傑羅姆神父會遵照她的囑附，看後把信銷毀。然而，神父失愼沒有照辦，讓我克敵制勝了。

我久久思索，應當如何利用這些信，搞得我的仇敵身敗名裂。我親手送交院長嗎？這樣不行，如此行動對我太危險，我必須說明我是如何拿到這些信的。請一個人轉交嗎？轉交的人也要受到盤問，很可能把事情弄糟，自己不光彩，還連累把我毀掉。我要另作打算，弄清院長快回去的時候，我就親手把信放到她的門口。我覺得這個主意不錯，唉，我多麼不謹愼啊，本來應該把信燒毀。我這是自討苦吃！我要自行失去我的情郞！我若是想到這一點，就會壓下心中的怨恨情緒。復仇再怎麼痛快，如果因此失了馬爾丹，難道能抵消片刻的痛苦嗎？不能。比起此刻最迎合我心的事，馬爾丹對我來說要寶貴千百倍。我要推遲行動計劃，直到我毫無危險時再動手。不久，我就覺得沒有危險了。我已經要求馬爾丹停止幽會一週，一週時間還未結束，我就認爲可以實施自己的計劃了。完全達到了預期的效果：院長看到了信，把安琪兒嬤嬤傳來，而證據擺在面前，安琪兒嬤嬤不得不招認。如果罪過不是那麼大，院長必須施以懲罰心中才能釋然，如果不是女人絕不寬恕的情敵關係，那麼經過考慮，院長也許會饒過她一次。然而，正如我前面講的，院長固然有補救的辦法平息肉欲的煎熬，但是到了如飢似渴的時候，再吃這種只吊胃口而不果腹的人造食糧，就難以滿足了。

一個陽物器，確切地說，僅僅是用來痲痺性欲的一個祕方。但是痲醉的時間不會持久，性欲一旦醒來，發現上當受騙，就變得更爲激烈，只有動眞格才能緩解。院長就處於這種境況，一個稍通人道的姑娘，就能洞察這其中的奧妙。拿院長來說，她雖然缺乏對象，卻可以補之以想像；想像一旦遇到障礙，就更加活躍，要衝破一切，往往比現實走得還要遠。不過，面對傑羅姆這種性格的一個男人，院長這種性格的一個女人，我並不擔心把他們想得過分，只怕把他們想得太輕了。看到他們之間的這層關係，我已無可懷疑，這位神師把他的精神安慰，肯定祕密地分贈給院長和安琪兒嬤嬤。對這個嬤嬤的快當懲罰，也證實了我的懷疑，她很快就關進黑屋，獨自思過，爲她惹我討厭而贖罪，也爲她企圖奪取院長的心上人而贖罪。

然而時過不久，我也後悔這樣做了。我自以爲是，一直認爲這陣暴風雨只降到安琪兒嬤嬤頭上，不料卻波及很遠。神師見自己寵愛的情婦被奪走，心中十分惱火，懷疑我的情郎是禍源，只好拿他撒氣，把他趕走了。從那以後，我再也沒有見到馬爾丹。

莫妮克繼續說道，我親愛的素宗，這就是我的經歷。我無需囑咐妳保守祕密，保密也關係妳的利益，你已經成了我行樂的伴侶。唉！自從失去了我的情郎之後，我幾乎沒有嚐到這種樂趣啦！他若是在這兒，莫妮克擁抱著親了親我，繼續說道，我會這樣啃著把他吃掉！

一想起馬爾丹，她又興奮起來，她的話在我身上也產生了同樣效果。我們未假思索，就進入欲火難捱的狀態，等不到第二天就要慶賀她失去那寶貝情郎。我提示莫妮克想想當初他們二人的情歡。她對我的愛撫產生了錯覺，竟忘記了我不過是個女孩，就像交歡時叫她情郎那樣，用同樣的暱稱叫我，我成了她的天使，她的神靈。我還想像不出能有比我現在感受的更大的幸福；莫妮克在我的懷抱中，滿足了我的全部欲望。想像總要超越自己所擁有的；莫妮克想起在跪凳上艷遇的那天夜晚，她臀部感到馬爾丹的毛磨擦所引起的快感，就說如果我願意再感受一下，她也保證讓我嚐一嚐。我同意了，於是她趴下來，我照她說的做了；我們幹得非常起勁，都同時讓對方體味這種快感，這樣一折騰，就一個人頭朝牀頭，一個人頭朝牀腳了。按這種姿勢，我們靠進了，我的一條大腿放在莫妮克的肚子上，另一條大腿放在她的屁股下，她的兩條大腿則夾住我的肚子和屁股。我們這樣緊貼在一起，相互用力磨擦，同時連聲嘆息，下身不斷分泌精液，我們歡樂的泉眼便都漲滿，又別無通洩口，只好從一眼流入另一眼，如同快樂的兩個儲蓄庫，我們會毫無感覺地溺死其中，又因心醉神迷而復活。我們相互迷戀，彼此保證次日還同牀共枕，這才分手。次日夜晚她又來了，這回她教我懂得了更多的事情。僅僅由於我出修道院到這裡來，那些㒵宵才中斷了。

（莫妮克修女的故事、素宗的敍述，到此結束）。

素宗的敍述，對我的想像產生了强烈的影響，我不能不承認她的話感人至深，聽了不能不表示同情，並流下了眼淚；雖然我盡量避開，不願讓她瞧見，但是流淚的喜悅、我流淚時向她拋去的熾熱目光，卻把我暴露無遺。她覺察了我的種種反應，得到了她預期的效果，心中暗自高興，但又巧妙地掩飾她的滿意心情，反之，她又以拙劣的手法，還在扼制她自身的求歡的傾向，這也是她激發我的欲火所應付的代價。她講的情況越引起我的驚奇，就越是給我希望。莫妮克修女的境遇和情感，類似我們現在的情景，她描繪得如此鮮明生動，這只能發自一顆敏感的心。她自己的行爲，也絲毫沒有向我隱瞞，她對情歡的嚮往，也同樣沒有向我掩飾；她的全部敍述毫未潤色，均使用赤裸裸的字眼兒。如果我們走在那條林蔭路上，那麼，她講每一句話，我都不會放過機會，她每描繪一種情景，我都要示範表演一番。然而，她就是不肯去那裡。如何看待她這種抵制呢？如何把她這種態度，同我剛聽到的敍述協調一致呢？唉！我若能洞察她的心，可以省卻多少不安和焦慮啊。我決意按計劃行事，但要慎重，不能操之過急，嚇跑了素宗，於是採取迂迴曲折的戰術，就從她對我談的內容中，找出能擊敗她的武器。我先是裝作若不經意的樣子，問她莫妮克修女是否很有姿色。

「她眞像個天使，」素宗答道，「我不知道，一個女孩子應該長成什麼模樣兒，才能討人喜歡，不過按照我的想像，要討人喜歡，就得像莫妮克修女那種容貌：她身材修長勻稱，肌膚十分白晰滑潤，酥胸美妙無比；臉蛋兒稍嫌蒼白，但是看上去那麼清秀，相得益彰，反而勝過最鮮艷的顏色；一雙黑黑的眼睛又大又長，但是一反褐髮女郎的普遍神態，顯得無精打彩，只能從僅餘的神采上判斷，如果不是她愛得太深，那麼明眸一定光彩照人。」

「妳這麼一說，眞叫我同情她，」我對素宗說道，「她對男人那麼一往情深，終生都要不幸了。」

「噯，用不著你擔憂，」素宗答道，「剛才我跟你說了，她當修女時間不久，也僅僅是爲了順從她母親的意願，而且許願出家的時間還沒有到，她的幸福取決於她母親的偶像——她的哥哥。用不著她盼望，她哥哥也活不長了。他在巴黎一家窰子裡打架鬥毆，已經受了傷……」

「一家窰子？哦，那是什麼地方啊？」我問素宗，無疑預感到將來有一天，我也會發生那種事。

「可以告訴你，」素宗答道，「我還是聽莫妮克修女講的，凡是同她那風流性情有關的事，她都知曉。那是一些姑娘聚集的地方，她們非常溫柔隨順，以接客爲生，恭聽放蕩男人的調情，隨時滿足他們的性欲，以便得到酬賞，放浪傾向把她們引到那地方，尋歡作樂又使她們留在那裡。」

「嘿！」我打斷她的話，感嘆道，「我多想生活在有那種地方的城市裡啊！妳呢，素宗？」

素宗沒有應聲，從她的緘默中我也能明白幾分，以她的性情而論，她並不比別的姑娘冷漠無淸，而那種歡樂對她的心的影響，也並不亞於那些姑娘；要知道，多虧男人的殷勤塑造，那些溫柔的姑娘都成了公衆的偶像。

「依我看，」我又說道，「莫妮克修女像她哥哥一樣，也情願到那種地方去。」

「這一點我可以向你擔保，」素宗說道，「那個可憐的姑娘愛男人，簡直如癡如狂，哪管想一想男人，她也會樂不可支。」

「妳呢，小騙子，」我又說道，「妳就不愛他們嗎？」

「不瞞你說，」她回答道，「如果跟他們幹那事兒不太危險的話，我也會愛他們的。」

「妳這麼看，」我對他說道，「其實並不像妳想的那麼危險。算了，素宗，一個女人幹那事兒，不見得總會懷孕的。妳瞧，」我又說道，「我們那位鄰居太太，她結婚很久了，跟她丈夫同牀，可是也沒有孩子呀。」

這個例子似乎使她動搖了。

「聽我說，親愛的素宗，」我繼續說道，彷彿忽來靈感，表現出超越我年齡的智慧，洞悉了自然的奧祕，「莫妮克修女對妳說，馬爾丹跟她交歡時，裡邊充滿了他射的東西，一定是那東西讓她懷了孩子。」

「怎麼，」素宗說著，定睛看我，要從我的眼中找出既不冒風險、又能滿足她的欲望的辦法，「你想要說什麼？」

「我想要說，」我答道，「如果男人射的東西能產生這種後果，那也可以防止，感到要射的時候，拔出來就行了。」

「哼！辦得到嗎？」素宗急忙插言道。「你沒見過兩條狗交尾的情形嗎？人怎麼打它們，它們也結束不了，只是掙扎、嚎叫，就是不想分開，而且也分不開。毫無疑問，它們緊緊戀在一起，分開是不可能的。你說說看，如果一個男人和一個女人也這樣戀在一起，忽然來了一個人，撞見他們呢？」

這一異議，倒問得我瞠目結舌，所舉的例子也是不容忽視的。素宗似乎預見到我要說出口的提議，如果素宗接受了，那麼，這個例子對我們倆也是實用的。看來她在急切地等待我的回答。此時此刻，我若是能窺見她的心理活動，就會明白她後悔這樣詰難我，怕我無以答對。我幾乎不再懷疑我的艷福取決於我的回答，因此越要打消她的成見，搜尋能夠說服她的理由。我還記得清清楚楚，昨天鮑利卡神父同托乃特交歡，從下身抽出來也並不困難。我本想給素宗舉這個例子，不過，我倒希望讓她親眼見識見識。我講理由一時還難說服她，然而她的情欲會補充我說理的不足部份。素宗還裝作固執己見，我感到別無良策，要想說服，只有讓她看到相反的例證。

這時，我望見安普瓦從房裡出來，朝村子大街走去。他一走可是個十分有利的時機，毫無疑問，神父和托乃特要利用那老兄給他們的自由，把由於他在場而耽誤的時間彌補上。於是，我口氣肯定地對素宗說道：

「走，我要讓妳瞧瞧，是妳錯了。」

我說著，立刻站起來，並且拉素宗一把，一隻手還順勢往裙子裡掏，被她驚慌地推開了。

「你要帶我去哪兒呀？」素宗見我朝家走去，便問道。

這個小浪貨原以爲，我要帶她去林蔭路；如果那樣的話，她會跟去的。我若是直接帶她去該有多好啊！可惜我經驗不足，沒有看出她正求之不得，還擔心她不肯順從，只好聽天由命。我回答說要帶她去個地方，讓她看看她準愛看的場面。

「到底去哪兒呀？」她見我繼續朝家走，便不耐煩地追問道。

「到我房間去。」我答道。

「到你房間去？」她又說道，「嗳！我可不願意去。喂，撒肚男，你要打我什麼主意，這是白費勁。」

我向她發誓絕不會，從她同意的神態上能看出來，我向她保證老老實實的同時，如果不向她提供一個藉口的話，那麼她隨我去就要顯得勉强了。兒時那些可愛的行爲，現在回想起來多有趣啊！什麼事兒都隨心所欲，已成習慣，縱然毫無節制，也沒有在我心中消磨掉對這種寶貴時刻的靈通敏感。

我拉著素宗的手，感到她在發抖，我們踮著腳走進我的臥室，沒有讓人看見。我示意不要出聲，讓她坐到我的牀上，我則悄悄走到間壁牆望去，隔壁還沒有人。我小聲告訴素宗，一會兒就要來人。

「你到底要讓我看什麼呀？」素宗問道，她見我鬼鬼祟祟的樣子，覺得有些蹊蹺。

「等一下妳就瞧見了。」

說著，我就把她掀到在牀上，企圖事先利用那個場景要向我提供的優惠，伸手往她大腿之間掏去，但是剛摸到吊襪帶，她就猛一翻身坐起來，聲稱我膽敢動一動她，她就要鬧出聲響，她甚至還裝模作樣要離開。我一時怔住，心怦怦直跳，簡直不敢回答，儘管在這種情況下，哪怕支支吾吾說兩句，我也能輕而易舉地說服一個姑娘；否則，人家威脅的話既已出口，見我一聲不吭，就一定很惱火，不得不言出必行了。素宗還是同意留下來。我正難以得逞，束手無策的時候，忽聽安普瓦的臥室開啓房門的聲響，頓時恢復勇氣，便焦急地等待素宗的好奇心完成我沒有辦到的事情。

「他們來了，」我說著，把她拉回到牀上，並示意她別出聲響，「他們來了，我親愛的素宗。」

我立刻走到間壁牆，掀開遮住視線的畫像，看看隔壁房間所發生的情況，只見神父親著托乃特的胸脯，從而取到她那誠意的毫不含混的信證。他們二人緊緊摟抱在一起，一動也不動，似乎在凝神內視，潛心參道，要參透他們即將舉行的儀式的奧義。我注視他們的一舉一動，等他們的動作有了進展再叫素宗過來。靜思了這麼久，托乃特顯然厭煩了，她首先掙開神父的摟抱，麻利地脫掉襯衣、胸罩、裙子，按照奧義的儀式所要求那樣赤身露體。嘿！我眞願意看她處於這樣狀態！經過同素宗的撕扭，我的欲火只能更旺，一看到這個場面，就更加熾烈了。素宗見我聚精會神地觀看，等得不耐煩，便離開牀舖，湊到我的身邊。我全神貫注，竟沒有發覺。

「倒是讓我也瞧瞧呀。」素宗說著，推了我一把。

這我求之不得，立刻把位置讓給她，閃到旁邊察顏觀色，看她見到那場面臉上會有什麼表情，首先發現她臉紅了；不過，我深知她求愛的心願，並不擔心那種場面會產生與我的願望背道而馳的效果。素宗沒有離開。於是，我想試試那種示範是否起了作用，我的手又摸進她的裙子裡，這回遇到的抵抗卻很微弱，她只是用手輕輕地推了推，並沒有阻止我的手一直推進到大腿根。素宗緊緊夾住兩條腿，多虧隔壁的一對激烈的搏鬥，我才趁她不知不覺中，比較容易地把她的兩腿分開。我的手順著她這可愛的大腿步步進逼，計數進展了多少步，就能算出神父和托乃特彼此過招的回合。終於，我達到目的。這時，素宗也不再抵禦，乾脆劈開腿放行，任憑我的手自由來往。我不失時機，手指立刻直驅敏感點，剛探進去個頭兒，素宗就驚抖一下，感到敵人佔領了陣地；我的手指稍微動一動，就引起她的顫慄。

「我抓住妳了，素宗，」於是我說道，「我抓住妳了。」

我立刻從後面把她的裙子撩起來，嘿！我看見啦，我看見想像當中最美麗、最白淨、最勻稱、最硬實、最可愛的小屁股。我一生中見過的、最受我讚賞的屁股，也沒有一個能與我親愛的素宗這個相媲美！美妙絕倫的屁股蛋兒，鮮艷的色彩勝過臉蛋兒！秀色可餐的屁股蛋兒，我愛不釋口，啃上千百下！請原諒我吧，如果我還沒有向妳表示應有的眞正敬意！是的，值得爲妳頂禮膜拜，值得爲妳燒高香。然而，妳有個鄰居太可怕了，我以爲那是唯一值得我熱戀的，這表明當時我的情趣不夠高雅，認識不到妳的眞正價值。美妙的屁股蛋兒啊！我的痛悔完全爲妳解恨啦！

是的，我要永遠珍惜對妳的記憶！我在心中已爲妳築起了神壇，要爲我有眼無珠天天哭拜。

我正對著這可愛的小屁股跪著，緊緊摟抱，我把兩個屁股蛋兒擠到一處，再扒開，完全著了迷。可是，素宗身上還有許多美的部位，刺激我的好奇心。我衝動地站起來，貪婪的目光盯住那對小乳峯，又堅實又硬挺，位置得當，是愛神親手調理修飾的。兩個乳峯時起時伏，惴惴然，彷彿需要一隻手扶住。於是我伸手按住愛撫。素宗則被隔壁的景象吸引住，什麼也引不開，就連我的激情也不大理睬。我已經心醉神迷，覺得她馳心旁騖的時間太久，實在不耐其煩了。我的欲火熊熊燃燒，只有及時雲雨才能澆熄。我眞想一飽眼福，欣賞一下素宗赤裸的全身，親吻並撫摸身上無比美妙的部分，以爲眼福一飽，便可饜足我的欲望；但是很快就表明情況恰恰相反。我替素宗脫下衣裙，沒有遇到她的抵制。我也脫得精光，要千方百計滿足我的情欲，我自己卻無力抑制，頻頻親吻，吻上千遍萬遍。以最鮮明的方式表達愛，這些與我的感覺相比，還天差地遠。我企圖交媾但是姿勢不得勁，要從後面進去，她倒是劈開了雙腿和屁股，然而入口極小，無法闖入。我將手指插進去，又抽出來，上面沾滿了愛的精液。我身上也有同樣的因果。我重又奮力，想進這妙境，佔據我的手指剛才佔據的位置，然而始終徒勞，人家白白向我提供了方便。

「素宗，」我見她看得入神，妨礙我求歡，便急了，對她說道，「親愛的素宗，別管他們，過來，咱們也能有同樣的歡樂。」

素宗扭頭看看我，那副目光充滿了激情。我多情地抱起她，放到我的牀上，把她掀倒，見她劈開雙腿，我的目光立刻狂熱地投向那含苞待放的一朵小紅玫瑰。金黃色的毛一簇簇稀稀落落，開始遮護陰阜，猶如奇妙無比的畫筆，隱隱畫出生意盎然的乳白色。素宗一動不動，焦急地等待我表現出更爲敏銳、更令人滿意的情欲。我的確想表現給她看，然而實在太笨拙，不是太高，就是太低，白白地耗費精力。還是素宗親手扶正。啊，這回感到走上了正道。我以爲一路佈滿鮮花，不料一陣疼痛迫使我停下。素宗也感到疼痛。但是，我們並不因此罷休。素宗盡力擴展道路，同我配合，我則更加猛烈地推進，已經到了中途；這時，素宗向我拋來的目光幾欲熄滅，然而她的臉龐卻燒得通紅，喘息斷斷續續，向我送來一股股高溫的熱氣。我在快活的激流中游泳，不過，我希望盡快嚐到更大的快感，蒼天啊！如此溫馨時刻，也要飛來橫禍，打擾美事嗎？我推進得正起勁的時候，我的牀舖，這個可惡的牀舖，我的情欲和我的艷福的見證，卻突然背叛我們。這牀舖只是用繩子固定，銷釘不料脫開，轟隆一聲塌倒，把我們摔下來。這一摔卻對我十分有利，我順勢長驅直入，儘管我們兩個都感到劇痛。素宗勉强忍住，才沒有叫出聲來，但是她嚇壞了，想要掙脫我的懷抱。我的欲火正熾烈，這時我又氣又惱，把她摟得更緊了。我要爲這種固執態度付出很大代價。

托乃特聽見響動，立刻跑來，推門進屋，看見我們。在一位母親的眼中，這是多麼意外的景象啊！她可是一個女兒和一個兒子的母親！她起初愣然，愣在原地不動，彷彿邁不動步，徒然用勁，卻被更大的一股力量遏制住。她那雙冒火的眼睛注視我，但那不是怒火，而是淫蕩的烈焰。她張著嘴要講話，但話到唇邊又無聲息了。

素宗虛弱得要暈過去，她合上了那雙含情的眼睛；我既沒有勇氣，也沒有力量退出來。我看看托乃特，又瞧瞧素宗；看前者我怒氣沖沖，瞧後者我又是一副痛苦的神態。我見托乃特驚愕得動彈不了，便壯了壯膽，趕緊乘機推進。這時，素宗又緩過勁來，長出一口氣，睜開眼睛，緊緊摟住我，屁股隨即用力拱了一下，她嚐到了最大的快感，開始分泌了。她那樣陶醉令我艷羡，我也要分享這種樂趣。然而，就在我感到接近甜頭時，托乃特卻撲上來，把我從我親愛的素宗手臂中拉開。神靈啊！我怎麼沒有足夠的力量報復呢？毫無疑問，絕望之下，我喪失了氣力，一動也不動，任憑這個嫉妒的後娘將我抱開。

鮑利卡神父的好奇心不亞於托乃特，他要看看發生了什麼事，這工夫跑了過來，一見這情景也吃驚不小，尤其是素宗赤條條躺在那裡，一隻胳臂遮住眼睛，另一隻手捂住那罪孽之處，就好像這樣遮掩的姿勢，好色的神父便看不見她的渾身魅力似的。神父的目光首先投到她身上。我也始終盯著她，彷彿那是我的視覺中心，托乃特的眼睛則盯著我。驚愕，氣惱，恐懼，什麼也不足以令我鬆懈下來，我已經脫掉短褲，露出來的陽物堅硬似鐵。托乃特看著我這陽物，大概因此之故，她才饒過我，同我和解了。當時我六神無主，不知道自己的所做所爲，只覺得她輕輕地把我拉出房間。我這樣赤條條的，未假思索就跟隨她走，而整個過程，彼此誰也沒有講一句話。

托乃特把我領到她的臥室，一進屋便插上門閂，這時我才發現，心中一害怕，我就從遲鈍的狀態中清醒過來，想要逃跑，找一個躲避托乃特洩恨的地方。我找不到避難所，就鑽到牀下去。托乃特明白了我害怕的原因，就試圖勸我放心：

「別怕，撒肚男，」她對我說道，「別怕，我的朋友，我並不想懲罰你。」

我不相信她說的是眞話，不敢從牀下出去。於是，她便過來拉我。我看見她胳膊伸過來，趕緊往裡縮，可是徒然，她抓到我了。抓到哪兒啦？抓住我這陽物。這回我招架不住了。只好趁早乖乖出去。她一直未鬆手，把我拉到她近前。

我處於這種自然狀態，出現在人面前，不免感到羞愧，儘管如此，我還是驚奇地發現，托乃特也一絲不掛了。剛才我看她那樣子，穿戴雖然談不上體面，至少身上還算有遮羞的東西。她一直沒有放開我，剛才由於害怕，我這玩意兒軟下來，現在握在她的手中，便恢復了力量和僵硬的狀態。能說這是我的弱點嗎？反正一看見她，我就不再想素宗了，只有眼前的事物才能吸引我。我不知道這局面該如何收場，不過，我這玩意兒動不動就能硬起來，我的恐懼心理總是爲我的情欲所挾制。托乃特始終握著我那陽物，我則定睛看著她那陰戶。這個蕩婦要幹什麼呢？她仰身倒在牀上，並順勢一拉，就讓我壓在她身上。

「來吧，小笨蛋，」她邊親我邊對我說道。「好，插進我這裡面來吧。」

我不待她說第二句，也沒有費什麼勁兒，便插進去，直到根部。我跟素宗已有交歡的序曲，進入興奮狀態，這一回我立即感到湧出一股快感，便趴在托乃特的身上不動了。淫蕩的托乃特裡面還用力蠕動，接受了我這男性初成的精液。就這樣，我第一次試手，就讓我的養父當了烏龜。不過，這又有什麼關係呢？

讀到這裡，性情冷漠、從未感到愛衝動的人，一定會有許多想法！隨便怎麼考慮吧，先生們，聽信你們的道德吧，我絕不阻攔，但只想進一言：你們若是像我這樣硬起來，也會幹的。幹誰？幹魔鬼。

我還要重複如此美妙的練習，不料我們被一陣響動打斷；那聲響低沈，是從我的臥室傳來的。托乃特明白是怎麼回事，起身喊神父趕快罷手。她急忙穿上衣裙，還讓我躲到牀下去，隨即跑去阻止別把事情鬧大了。

她剛一轉身出去，我就到觀望洞，只見神父摟著素宗在幹好事；素宗已然穿上衣裳，但是她的襯衣和襯裙都撩起來，同樣，神父的袍襟也撩起來了。不過，神父那個傢伙太粗，想要插進不是爲他準備的地方，顯然白費氣力。我推測那聲響就是神父衝擊發出來的。托乃特一出現，搏鬥便停止，她撲向鬥士，從則肋司定會修士的懷抱中奪過素宗，摑了兩三個耳光，然後打發她滾蛋。托乃特經過這一有力干預，似乎已經疲憊不堪，再也沒有氣力向鮑利卡神父表示不滿了。她氣喘吁吁地望著他。一個修士是不大講究廉恥的，不過，鮑利卡神父儘管厚顏無恥，但不是爲了頂住被人當場捉姦的恥辱，恐怕還是抗拒一種擔心，怕托乃特痛責他一頓，更有可能是要充好漢，因爲他想，自己連搞一個小妞都不中用，這對一名修士來說肯定成爲恥辱的記錄。他的臉一陣紅一陣白，幾乎不敢正視托乃特。托乃特的神色，也同樣顯得侷促不安。我呢，還是對著觀望洞注意觀察，預料不久就會爆發，要有一場好戲看。怕是難以避免。唉！我多麼不了解他們兩個人啊！神父那樣子十分尷尬，不過，他那傢伙不會軟下來。一名修士，能有軟下來的時候嗎？托乃特似乎非常惱怒，但是她的眼睛盯住神父的陽物。她就有這種嗜好，一看見這玩意兒，什麼氣兒都消了，而且已有我的先例，料定她對神父也會採取同樣寬容的態度。果然，他們很快就和解了。我看見神父湊到她跟前，將他那快活的硬棒放到她手裡，同時聽見他說道：

「妳們母女倆，如果說我幹女兒不成，至少我能幹母親。」

嘿！就憑這句罵人話，托乃特無論如何也要原諒他。她甚至還甘願委身，受神父狂熱性欲的蹂躪。神父抓住她，緊緊抱住，兩人一上一下倒在我那牀鋪的破板上，以大量的分泌物簽署了和議；至少從神父的狂熱情態和托乃特緊縮屁股的姿勢上，我能夠判斷出這一點。

看官要問，在這工夫，撒肚男那個渾小子在幹什麼？難道他會像個傻子似的，只趴在洞口呆看，而不想參與，至少在意念上參與這對男女冠軍的歡愛嗎？何需動問！撒肚男一絲不掛，全身還因托乃特剛才的愛撫而火燒火燎，這會兒又看到這種場面，欲火自然燃得更旺了。那他又能怎麼樣呢？他看著神父趴在托乃特身上，沒有自己的份兒，心裡乾著急，只好自己擺弄；這個渾小子，就在他後娘夾屁股，神父陶醉的時候，他也射精了。這一點交待之後，還是言歸正傳。

「怎麼樣，」神父說道，「我比得上撒肚男嗎？」

「比得上撒肚男？」托乃特反問道，「問我這話？我跟撒肚男有什麼事兒嗎？哼，那小壞蛋不是躲進牀底下，現在還躲在那裡嗎？嗳，別急，等安普瓦來了再說，他躲不過一頓鞭子。安普瓦肯定要狠抽他一頓。」

我聽到這番言論，看官可以判斷，這樣打發我能否令我開心！我越發全神貫注，只聽神父反駁道：

「算了，算了，托乃特，別爲這發火。要知道，他不應當總留在這裡，現在人長大了，對不對？我動身的時候就把他領走吧。」

「是啊，」托乃特又說道，「你還沒有考慮，如果這個小渾蛋留在這兒，咱們就什麼也幹不了啦。小心那根舌頭，我幾乎可以肯定，他發現咱們的事兒了。對啦，」她看見間壁牆上的小洞，繼續說道，「噢！上帝啊！我竟沒有注意到這個小洞。這個小雜種，他從那兒肯定全看到啦！」

料想她要過來驗證她的懷疑，快，我吱溜一下鑽到牀下，再也不敢出來了，儘管他們的談話我開始發生濃厚興趣，很想聽下去。我躲在裡面遮蓋起來，焦急地等待他們的談話的結果。我沒有等多久。

沒多久工夫，有人來放我出獄。我聽見開門聲響，嚇得渾身顫抖，怕是安普瓦，萬一讓他看見我在牀下，那就有我好瞧的啦！幸好是托乃特，她給我送衣服來，讓我趕快穿上。剛才她說要懲治我的話，我全聽到了，這會兒我就拿斜眼瞧她。我照她講的急忙穿衣裳，但是我不怕她的威脅。我注意到她也剛剛穿上衣裳，甚至還在修整呢。不大工夫，我穿好衣裳，她也修整好了。

「好啦，撒肚男，跟我走吧。」托乃特對我說道。

我只好隨她出去。她要把我領到哪兒去呢?領到本堂神父那裡。

老實說，我一望見神父住宅，就不寒而慄，那位神父多次賞光，檢查我的屁股（順便提一句，他並不憎恨屁股），這回領我去見他，我十分擔心，這又是給他送上門的一次取樂的機會。不過，在托乃特面前，我不敢完全流露出我的恐懼，心想如果讓她看出我畏懼，她肯定要抓住機會治我。然而，她為何領我到這兒來呢？我不得而知。既來之，則安之，先進去再說。

我走了進去，當即釋去疑懼，托乃特把我交給神父，請他收留我幾天。既然說是幾天，我就放心了。我心中暗道：好吧，這幾天過去之後，鮑利卡神父就會來把我接走的。我心中抱著這種希望，也就高興起來，比較容易適應了我的退隱生活；不過，為何退隱，我還不敢深思，一想起來就痛心疾首。素宗，親愛的素宗！難道我要永遠失去你嗎！我躲在角落裡，在心中呼號；我一進屋，由於害怕就縮在一角，繼而覺得待在角落裡也不錯，我可以任意遐想。想什麼呢？想素宗。剛才幾個小時事情突變，我六神無主，把我對她的感情暫時放在一邊；現在我鎮定下來，就一心想她了。是的，一想到我要失去她，就心如刀絞。我又重溫她那種種魅力，在想像中飽覽她那身體處處美妙的部位：這是她的大腿，這是她的屁股蛋兒，這是她的酥胸，這白晰硬實的，是她的小小的乳峯，我曾吻過多少遍。我憶起同她交歡，再想想同托乃特的雲雨，如果是同素宗嚐到那種滋味該有多好！在托乃特的身上就那麼陶醉，若是在素宗身上，我非死過去不可！啊！在素宗的懷抱裡，我死而無憾！她現在怎麼樣了呢？托乃特一定要大發雷霆，素宗受不了，會傷心死的。也許此刻，她正在哭泣，也許她在詛咒我。素宗傷心流淚，是我造成的！素宗要詛咒我！她要發狠心恨我！我多麼喜愛她，爲了不讓她傷心，我可以忍受一切，如果她恨我，那我怎麼活在世上呢？唉！她預見我們會出事，是我把她推入倒楣的境地！當時，我的頭腦就是縈繞這類念頭，內心十分淒苦，只是聽到開晚飯的鐘聲，我才擺脫這種愁苦的心境。有人來叫我。暫時丟下素宗，反正後面我們常能見到她。在這部回憶錄中，她扮演相當重要的角色。先去吃飯吧，略微介紹一下共餐的幾個怪人。先從頭兒開始。

本堂神父先生那副長相，一見了就想發笑，身高四尺，五短身材；臉龐有啤酒杯那麼寬，一臉深紅色，絕不是喝水的緣故；長了一個獅子鼻，鼻頭好似紅寶石；那對綠豆眼睛，黑黑的，賊溜溜的，遮護著濃重的眉毛；額頭很低，腦袋像鬈毛狗。再加上一副嘲諷和狡猾的神態，這便是神父先生。儘管如此，老渾蛋還眞有艷福，不止一件艷遇在村裡傳爲佳話。他情願管理天主的葡萄園。他裝扮成則肋司定會小修士，在這種遊戲中，一般來說，那些小猴可全是高手，而我們的本堂神父，想來必定天資過人，這種才能只要得以施展，就能勝過一張漂亮的臉蛋兒。

再看本堂神父先生邸宅中修士圖的二號人物，簡言之，即尊敬的女管家。

弗朗刷絲夫人是個老妖婆，她比一個老猴子還狡猾，比一個老魔鬼還兇狠。除此之外，可以說她是仁慈的化身。看她那張臉，年紀也有五旬開外。不過，各個地方各個階層的人都愛美，老妖婆打扮起來，就好像不到三十五歲了。她雖然好誇誇其談，但是恪守教規，可以說一絲不苟，因此在她爲本堂神父幹事的十五年來，經她巧妙安排，神父就再沒有去靜修；按照習慣，神父每五年要去修道院靜修兩三回，而這位年青幫的老大討厭靜修，認爲那不但不舒服，簡直是受罪。

弗朗刷絲夫人儘管有一對紅眼圈，鼻孔沾著煙屑，嘴岔子咧到耳根，殘留的幾顆牙齒也不穩固了，但是本堂神父先生念她効力多年，對她的器重絲毫未減，尤其是對她的愛撫絲毫未減。弗朗刷絲夫人是這裡的總管，一切都要經過她的手，包括寄宿生的錢，但那是只進不出的。只要提到本堂神父先生，她總是以集體的名義。做一次彌撒要拿多少？我們可以給您做。少給點兒行嗎？這個價我們不能給您做。噯，弗朗刷絲夫人（夫人的腰身像胳臂一樣粗，可是對她講話，在她的名字前必須冠以這個尊號，否則她會生氣的），我就這麼多錢了。到此爲止，怎麼，看來您以爲錢是給我們的嗎？我們要買酒，要買蠟燭。還有我們辛苦費呢，就讓我們白辛苦嗎？

弗朗刷絲夫人和本堂神父先生自是親密無間，在這一對的庇蔭下，成長著一個少女，神父的所謂侄女，不過她跟神父的關係，肯定比侄女的名份近得多。她是個胖乎乎的姑娘，臉上有點雀斑，但是白白淨淨，胸脯很美；鼻子同本堂神父先生酷似，只差沒有紅寶石，但看那趨勢，有朝一日會長出來的；那對眼睛很小，但是炯炯有神。至於頭髮，只要她認可，就算是棕色的了，不過她聽人說過棕色是等而下之，而金髮才稱得上美。於是，她自認爲長了一頭金髮，並具有金髮女郎的特色。其實，是金髮還是棕髮，有一個傢伙倒不大在乎；那傢伙是修哲學的，個頭兒很高，他時常到這裡住一週或十來天；那個無賴來小住，倒不是對本堂神父先生有多大好感，主要是同他可愛的侄女套近，而且套得極近，乃至緊緊摟住……不過別忙，後面我再講我同他之間的糾葛。

妮可兒小姐（這就是這個可愛姑娘的名字），正如我介紹的，是所有寄宿生愛慕的對象。走讀生也無不想插一手。高個子的受到熱情接待，矮個兒則受到冷遇。可惜，我的個頭兒還進不了最高的行列。這倒不是我沒長心眼兒，幾次在這個妙人兒面前，沒有踮起腳來盡量撐個兒，只是我的年齡還不給我撐面子。我拿出證據，說我年齡並不小，只是長得少相，可是人家太狠心，就是不相信，最後還要斷我的念頭兒，把我求愛的舉動告訴了弗朗刷絲夫人，弗朗刷絲夫人又告訴了本堂神父先生，本堂神父先生對我毫不留情。我恨透了自己太小，覺得這是我所有不幸遭遇的根源。

在妮可兒面前碰釘子，我感到厭煩了，既遭到侄女的拒絕，又遭受本堂神父先生的鞭子，讓人無法忍受。儘管如此，我的欲望並沒有熄滅，僅僅變爲暗火，一見到妮可兒就重又燃起；只差機會，一有時機就會熊熊燃燒。時機不久便出現了，不過敍事要按順序，只有輪到才好談這件風流韻事，現在還沒有輪到，倒是輪到了丹維爾夫人。

我並沒有忘記，那位夫人要我答應次日去同她共進午餐。我是抱著守信的決心躺下睡覺的，而且不難判斷，白晝絲毫不會改變這種決心。如果有人問我，我要去莊園，是否眞的想見丹維爾夫人。對此我還不知道如何回答。一般來講，是尋歡的念頭把我引去的，但是我感到，這種歡樂如果是素宗給我的，比我從丹維爾夫人那兒得到的更有吸引力。抱著希望，在那裡遇到我親愛的素宗，這也不假，我是這樣推理的。爲什麼把我寄放在本堂神父先生這裡呢？當然是因爲鮑利卡神父已然覺察，托乃特一定在向我傳授，他不以爲然，怕傳授多了我後來居上，就認爲最好把我安置在這裡。托乃特所見，又與神父不同，神父要把我和托乃特拆得遠遠的，出於同樣理由，托乃特也要把素宗和神父拆得遠遠的。如果我在莊園見到素宗，庭園裡有小樹林，我就領她到樹林裡去。那小浪貨愛上我了，不怕她不去；我們倆單獨找個僻靜的角落，什麼也不必擔心。正是這種美滋滋的念頭，一直把我引到莊園的大門口。我舉步走進去。

丹維爾夫人莊園裡一片沈靜，一路沒見到人影，這樣我就可以長驅直入，穿過一長串房間。每進一間屋子，我都感到心劇烈跳動，渴望見到素宗，又怕找不到她。我心裡總想：她一定在這個房間，啊！我要見到她啦！可是空無一人。到了另一間屋，又是同樣的希望和失望。這樣挨屋尋找，忽見一個房間鎖著門，但是鑰匙掛在門上。大老遠來了，沒有廢然而返的道理。我打開房門。一眼看見牀舖，上面似乎躺著一個人；我縱然大膽，也難免有點慌亂，正要抽身退出去，忽聽一個女人的聲音，問來人是誰，同時掀開幃幔，探出頭來，我這才認出是丹維爾夫人。是啊，我正要抽身退出去，不料一看見她那酥胸，我就邁不動步了，愣在原地。

「喂，是我的朋友撒肚男啊，」她高聲說道，「我親愛的孩子，過來親親我呀！」

她不開口，我膽小如鼠；有她這話，我就膽大包天，趕緊跑過去，放肆地投入她的懷抱。

「我就喜歡這樣，」等我敬了禮，而且感情的成份顯然超過虛禮的成份，丹維爾夫人便滿意地說道，「我就喜歡這樣，年青人一聽到吩咐，就要雷厲風行……」

她話音剛落，我看見從盥洗室走出一個小頭小臉的人；他出來時用假嗓子哼唱，唱一支新歌曲，同時身子旋轉，用腳打拍子，腳拍和他那假聲怪調相得益彰。

這個現代的安菲翁❷突然出現，又聽叫他神父，我不禁臉紅了，一是為丹維爾對我的青睞極不慎重，二是為我本人報以親熱也很孟浪。不過，我很快就判明他是個什麼角色，從而為我一時的慌亂雪恥，對他進行了報復。人所處的境況，往往影響人觀察眼前事物的方法。我並不懷疑我是個不速之客，攪了一個不容第三者的好局。一個男人和一個女人單獨在一起，如果是我，一定要幹那種事，將心比心，我怎麼能想別人就幹不出來呢？

我怕他窺透我的來意，幾乎不敢抬眼看他，只是出於好奇心有時溜一眼，但又怕看見他臉上譏笑的表情，立刻又垂下去了。不過，我非但沒有發現特別擔心的情況，反而不知不覺中看習慣了，我不再把他視為一個可怕的見證人，而視為一個不速之客，前來妨礙我在想像中十分迎合我心意的歡樂。

我開始仔細端詳他，考慮我剛才聽到給他的稱號，覺得極不相符，便想在他小小的身形上，找出哪點像神父。我考慮神父這個字眼時，思路特別狹窄，想像天下所有神父，都得像本堂神父或副主教先生的樣子。然而，他們藹然長者的風度是我所熟識的，而我眼前的這個鬼精靈歡蹦亂跳，兩者無論如何也聯繫不起來。

這個人稱飛落神父的阿多尼斯❸，是鄰城稅務官的公子，乃父腰纏萬貫，天曉得是坑誰得來的財產。神父是從巴黎來的，他同大多數蠢物一樣，肚子裡沒有什麼貨色，腦袋裡倒裝滿了自命不凡的念頭。他陪同丹維爾夫人到鄉下來，是要讓她這段時間過得快活些。對丹維爾夫人來說，學生、神父，統統是好的。

夫人搖了搖鈴。有人過來，是素宗。我一看見她，心就爲之震顫，也爲之一喜，看來我運氣不小，推測完全得到證實。當時，丹維爾夫人讓我坐在牀上，有幃幔遮著，素宗剛進來沒有發現我。順便講一句，這時局面發生了變化：神父先生開始感到不自在了，他頗難容忍丹維爾給我的這點點自由，顯然認爲夫人情趣不高才對我青眼相加。

素宗走上前，忽然瞧見我，她那美麗的臉蛋立刻紅到耳根，一時心慌意亂，說不出話來。我的情形跟她差不多，只有一點不同，她垂下眼睛，我的目光則盯在她身上。丹維爾夫人的魅力完全展現在我面前，她的胸脯、豐乳，以及其他美妙之處，只隔著一層衾單，這些我看在眼裡，再經過我的想像的描繪，形象就更加鮮明了；然而，這種種魅力在我心中產生的印象，此刻卻轉而對素宗有利了。不過，我略一思考，便糾正一種過於匆急的感覺，雖非突變，卻也很快回到佔主導地位的秉性上。

在素宗和丹維爾夫人之間，如果要我選擇，我絕不會遲疑，當然選擇素宗。然而，我所面臨的並不是這種選擇：對我來說，得到素宗僅僅是一種毫無把握的希望，而丹維爾夫人的歡愛卻十有八九是確定無疑的了。丹維爾夫人的眼神向我做出了保證，她的話語儘管礙於小神父在場，卻也沒有摧毀她的秋波給予我的希望。喚來素宗，是要她去通知一名使女，她一離去，丹維爾夫人便收回本應屬於她本人的情欲，既然情欲是她每天的活計。

我的心同時受到兩種意念所吸引，一個是尋歡，另一個是尋歡再多點什麼，心緒起伏紛亂，輪番受這兩種理由衝擊摧折，一直六神無主，萬分愧怍，竟沒有覺察神父消失了。丹維爾夫人看見他出去了，但是以爲我也看到了，無需提醒我。她斜靠著墊子，定睛看著我，那溫柔倦慵的神態分明對我說，要想快活完全取決於我自己。她輕柔地拉起我的手，緊緊握住，還不時地放到她的大腿上，一副漫不經心的樣子，而兩條腿一張一合，動作甚是淫蕩。她眼含責備，那目光似乎指責我膽怯，已不像頭一天。我始終以爲神父在觀察我們，傻乎乎地保持警戒。丹維爾夫人實在不耐煩了，便問道：

「要睡覺嗎，撒肚男？一個風流男兒，總要不失時機，放肆地耍耍貧嘴。」

我不敢稱風流，只講一句話：

「不，夫人，我不睡覺。」

昨天我那麼放肆，給她一個慣手的印象，現在這句天眞的回答，勢必大大降低我的身價。不過還好，丹維爾夫人聽了，並沒有打消對我的美意，卻產生完全不同的反應，她把我看成一個新手，這在她眼中則別具魅力。對一個風流女人來說，這是一塊鮮嫩的精肉，從未領悟牀第之歡的全部價值，一嚐到這種淫樂，就會欣喜癡狂，益增情趣，益增她本人的情欲，因而在她的想像中，同這種新手交歡，所得到的快感會格外新鮮，格外銷魂。丹維爾夫人便是如此盤算。其實，大凡女人，不是全都這樣考慮嗎？丹維爾夫人見我無動於衷，明白她的挑逗未起作用，必須拿出更具刺激性的手段來打動我，於是放開我的手，故意伸起手臂，打了個呵欠。本來素宗出去之後，我一直神志恍惚，懵懵懂懂，現在丹維爾夫人這一舉動卻把我從痲木狀態中喚醒。素宗的影像消失了，我猛醒過來，臉上又重現活力，我的眼神目光、我的焦急情態，便立時全部集中到丹維爾夫人身上了。她看出這一招有了效果，便要逐漸煽起我的欲火，讓我無形中增添勇氣，打消膽怯的心理。她左顧右盼，並問我神父怎麼樣了。我掃視周圍，卻不見神父的蹤影，這才覺察自己犯了一陣傻。

「他出去啦。」丹維爾夫人又說道。

她說聲天氣太熱，故意往下抖一抖衾單，露出白淨淨的大腿，只見大腿根垂下襯衣襟，彷彿特意阻擋我的視線，抑或存心刺激而不是滿足我的好奇心。儘管遇到阻礙，我還是隱約看見那赤紅的部位，心中不覺一陣慌亂，而她那眼睛立刻明辨我心慌的緣故。那一部位略一顯露，便達到了她所期望的效果，她又巧妙地覆蓋上。我怯生生地握住她一隻手，見她任由我撫弄，便俯下去熱烈地吻了吻，同時，火熱的目光盯著她，而她那目光同樣又明亮又亢奮。美事即可如願，然而每逢良機，我總難利用，這實在是天意。就在情熱耳酣的當兒，讓素宗去喚的那名該死的使女，在不需要她的時候，卻突然闖來了。我急忙放開夫人的手。小侍女瘋瘋癲癲，格格笑著進來，她在門口停了一下，笑得越發響亮，以便沖淡撞見女主人所會產生的拘謹。

「你怎麼啦，這副瘋樣子？」丹維爾夫人冷淡地問道。

「噢，夫人！」侍女答道，「神父先生……」

「說呀！他怎麼啦？」女主人追問道。

這時，神父回來了，他用手帕捂著臉。侍女一見他這副模樣，笑得更厲害了。

「您這是怎麼啦？」丹維爾夫人問他。

「您瞧吧，」神父說著，露出一張顯然挨了指甲猛抓的臉，「這就是素宗小姐幹的！」

「素宗？」丹維爾夫人怪道，也隨著哈哈大笑。

「親一下，就付出這樣代價，」神父卻不開心，冷靜地繼續說道，「您瞧見了，買個吻，這價也太昂貴了。」

神父談他倒楣事兒，還是一副不緊不慢的樣子，我像兩個女人一樣，也忍俊不禁了。儘管丹維爾夫人大肆嘲笑，神父卻受得了，仍不改其說話的口氣。丹維爾夫人穿衣打扮。神父不顧臉上有傷，也要打扮一番，他滿口胡言亂語，從旁監視丹維爾夫人的髮型，同時閒扯淡，逗得夫人直發笑。侍女則駁回神父的異議，我就笑那小傢伙的那副面孔。大家同去吃飯。

餐桌上共有四位：丹維爾夫人、素宗、神父和我。是誰顯出一副尷尬的面孔呢？是我，因爲我恰恰坐在素宗的對面。神父的座位挨著素宗，吃了虧還强顏歡笑，他面上的難色，倒是在乎不好說服丹維爾夫人相信，她大肆嘲笑的話，並沒有令他驚惶失措。素宗的神情也極不自在。不過，從她那偸偸瞥來的眼神中，我彷彿看出，如果我們倆單獨在一起，她是不會感到不快的。我一見到素宗，便又負了丹維爾夫人的情義，心中急切地盼望我們早些用完餐，想法兒一起溜走。午餐結束，我向素宗示意，素宗領會我的意思，便起身出去了。我正要隨後出去，卻被丹維爾夫人叫住，說是要我陪她散步。大夏天，下午四點鐘，出去散步！神父認爲這個建議實在荒唐；然而，丹維爾夫人要去散步，無需徵得他的同意，況且她自有算計，深知神父視其肌膚如命，輕易不肯受烈日曝曬。這樣，神父就乖乖留下來。我很想去會素宗，也不願意陪夫人散步，但是考慮到夫人這麼瞧得起我，我就不能不識抬擧，只好犧牲自己的心願了。

神父目送我們，還故意哈哈狂笑，料定我們會廢然而返，事先就報復我們對他的嘲笑。我們倆都一本正經，神態嚴肅，走在陽光强烈照射的花壇之間；丹維爾夫人只用一把扇子遮著陽光，我則全憑習慣。我們滿不在乎，一連走了好幾圈，簡直氣壞了我們那位嘲笑者。我還沒有摸透丹維爾夫人的意圖，難以想像這樣溽暑熏蒸，她能頂得住，就連我都開始覺得受不了。我眞有點厭煩了侍從的角色，情願放棄，但是我還不了解這個差使的全部職責，這頭一個職責頗爲煩人，也許還有一個職責會慰勞我。

我們堅持散步，迫使神父回屋去了。這時，我們走到一條林蔭小路的盡頭，丹維爾夫人又徑直鑽進一片矮樹林。這片小樹林眞好，淸爽宜人，在這裡繼續散步一定很美。於是，我問夫人是否還繼續散步。

「既然進來，就沒有馬上出去的道理。」丹維爾夫人答道，同時她瞥了我一眼，想探詢我的眼神，看我是否領會她散步的動機。

她什麼也沒有看出來，本來我就沒有料到暗中爲我準備的這種美事。她攙著我的胳臂，攙得緊緊的，顯得很親熱，就像一個十分疲倦的人，頭歪在我的肩上，臉貼近我的臉，送到嘴邊我還不吻，那我眞是個大傻瓜了。我果然不負厚望，人家由著我做，我吻了一下又一下，簡直暢通無阻。我睜開眼睛瞧瞧，心中暗道：嘿！如果她願意，這事兒準成；不會有人闖到這裡來打擾我們。她似乎看透了我這種心思，否則我們怎麼走進一個迷宮似的地方，她就對我說要坐到草坪上乘涼，這裡枝繁葉茂，光線幽暗，在外面的人，眼睛再明亮也看不見我們。她坐到一棵千金榆樹下，我也挨著她坐下來。樹周圍有一小方塊草坪，她選中這裡，這的確是個幽會的好地點。坐下之後，她看了看我，又握了握我的手，接著仰身躺下。我以爲戀人親暱的時刻到了，正磨礪以須，忽然發現她睡著了。起初我以爲她不過頭腦微微發昏，是暑熱引起的，很快就好了，不料她越來越昏迷，竟至昏睡過去。我的頭腦也實在簡單，睡意來得如此迅疾，又具有如此威力，我非但沒有懷疑，反而束手無策，垂頭喪氣。我心中暗想：如果這是滿足了我的欲望之後，倒還可以原諒。可是，她乳貼身挨，情親耳酣，給我以最美好的希望，正在這種時刻，居然狠心進入夢鄉！這叫我怎麼甘心，如何自慰呢！我心中愁苦，定睛仔細端詳，只見她的衣飾一如昨天，仍舊袒露著胸口，不過，這次用一把扇子遮住，給人的印象尤富刺激性，因爲扇子隨著胸脯起伏，每次起伏都半遮半掩，露出雪白勻稱的酥胸。我的欲火升騰，急不可耐，眞想把她喚醒，但又立即打消這種念頭，怕她醒來感覺不適，怪我性急，那麼我抱的最後一點希望也就破滅了。然而，我心癢難捱，還是忍不住撫摸她的胸脯，心想她睡得十分深沈，不會讓我弄醒，她即便醒來，大不了譴責我一頓，也就罷了。昨天我就撫摸過，她並沒有怪罪，今天她會惱嗎？試試看吧。我伸出發抖的手，去摸她一個乳峯，眼睛則直盯著她的臉，見她稍有反應就把手抽回來。她毫無反應，我就繼續這一營生。不過，我的手剛用力按一按，她那面皮就微生漣漪，猶如飛舞的燕子不時用翅膀拂掠水面。繼而我拿開扇子，繼而我吻了一下，怎樣也弄不醒她。我的膽子大起來，換了個姿勢；我的眼睛見到乳峯，便興奮起來，想要往下移動，好有所新的發現。於是，我的頭伏到夫人的腳下，臉貼著地面，企圖窺探那愛的幽暗國度，然而什麼也沒有看到，她的右腿搭在左腿上，擋住了我的視線。無法看到，至少摸一摸，也算是一種補償吧：我的手順著她的腿探進去，悄悄地摸到山腳下，指尖已經觸到那洞穴口，原以爲我的欲望會到此爲止，不再奢求了。詎料達到這一點，我反而更難受了，眼睛還要分享我的手所感到的樂趣。我抽出手來，又回到原先的位置，重又觀察夫人的睡容：臉上仍然毫無變化，她睡得很死，彷彿吃了麻醉力最强的罌粟。不過，我隱約發現她一隻眼睛的眼瞼在顫動，便有些不安，警覺地仔細察看；當時，那雙眼睛若不是完全闔上，也許我就先滿足於這點甜頭，等她醒來之後再求歡。然而，她那隻可疑的眼睛又不動了，這就增强了我的信心。我又移到下面的位置，既然可望不會受到懲罰，就更加膽大妄爲了，伸手撩起她的裙子，不過動作極輕。只見她動了一下，我以爲她醒了，急忙閃開，一時心驚膽顫，就像一個人發現到了懸崖邊上，只是偶然倖免於難那樣。我閃在一旁，渾身發抖，甚至不敢看她。但是，我沒有老實多久，眼睛又移到她身上，這才高興地看到，她並不是醒了才動彈的，而且，我眞應當感謝好運氣的安排，她這一動彈，雙腿倒分開了，右腿支起來，襯裙隨之翻到腹部，這樣，她的小腿、她的大腿、她的陰阜、她的陰戶，全都一覽無遺了。這美妙的景象令我陶醉，兩隻纖足，高跟拖鞋做工十分精美；小腿的線條極爲曼妙，火紅銀白兩色帶子把長襪一直吊到膝上；那大腿，啊！那大腿，雪白耀眼，圓滾滾的，滑潤而挺實；還有那朱紅色的陰戶，周圍的毛籬油黑勝過煤玉，從那裡飄逸出的異香，又賽蘭芝之馨。剛才她動那一下，兩腿完全劈開了。我用手指搔了搔她的陰戶，繼而，我的嘴放上去，還想把舌頭探進裡面。嘿！這時，我的傢伙硬起來，那勁頭簡直無法比擬。什麼也阻擋不了我，什麼思考、懼怕，什麼禮法，統統化爲烏有，欲望攫住我的心，無比猛烈勢不可當，我敢在那裸體的墓地，上千名太監面前，對土耳其皇帝的寵妃無禮。並準備在我的鮮血中洗刷我的淫樂。我趴在丹維爾夫人身上，但是非常小心，並不壓在上面，怕我的體重把她壓醒，而是用兩隻手臂支撐著，唯有我這直挺挺的傢伙同她接觸，輕輕地有節制地往裡推進，大口大口嚥下快感的滋味。我僅僅採了男女淫樂的花精。

我的眼睛一直盯著這位睡夫人的眼睛，我的嘴唇也時而吻吻她的嘴唇。起初我極其小心，兩隻手臂支撐著身子，不久心醉神迷，就顧不了這許多了，乾脆趴到夫人的身上，一時難以自持，緊緊摟住她，狂熱地吻她，連眼睛也閉上了。在快感進入尾聲時，我又恢復視覺功能，睜開眼睛一瞧，卻看見丹維爾夫人激動起來，而我卻力不能敵了。夫人醒來，雙手已經抱住我的屁股，同時她的屁股拱起，使勁扭動，頻率驚人，還用全力把我拉向她。我卻一動不動，還吻著她的嘴，不過，殘餘的欲火又開始被她的欲火點燃了。

「親愛的朋友，」她低聲對我說道，「再進一點兒，噯！別把我丟在半路上呀！」

我又重振精神，欲火升騰，那旺勢表明不會在她的欲火之前熄滅。果然，我剛剛搗了五、六下，她就像失去知覺一樣不動彈了。看到這一情景，我就更加振奮，加快步子，到達目的地，倒在她的懷裡不動彈了；我們在相互摟抱中，快感交融在一起。

等快感漸漸消失，也就提醒我們該變換姿勢了；我拔出來，毋庸諱言，我感到幾分羞愧，垂下眼睛。夫人的目光則移到我臉上，仔細端詳我。我還趴在她身上，她抬起一隻手，抱住我的脖子，讓我躺在草地上，另一隻手則抓住我的陽物玩弄，還不時吻我。

「純潔的小伙子，你想怎麼樣呢？」她對我說道，「這東西你這麼會用，難道還怕給我看嗎？我向你隱藏什麼嗎？喏，瞧瞧我的乳房，親一親，這隻手放上去。好。這隻手也別閒著，放在我的下身。好極啦。哼！小無賴，你讓我眞痛快啊！」

由於她快速的撫弄，我又亢奮起來，並報以同樣的熱情，我的手指出色地完成其使命；丹維爾夫人轉動著眼珠，神色癡迷，一邊擁抱我，一邊發出長長的嘆息。她的兩條腿夾住我的右腿，這時越夾越緊，嘆息聲也越來越頻繁，最後她翻到我身上，像我剛才對她一樣，遍身給我打上表達情歡的印記。

我這陽物又硬起來，欲火復燃，重又熾烈，我反過來又擁抱她，摟得緊緊的，我的手指還一直放在她的陰戶裡，而她僅僅以親吻相報。我把她的腿掰開，興趣盎然地欣賞這個美妙的部位。肉欲之樂的前奏，比肉欲本身還富有刺激性。一個女人隨你怎麼擺佈，擺出種種浪姿淫態任你賞玩，試想，還有什麼事情比這更富有妙趣的呢？在細細觀賞一個嬌艷的陰戶時，人就要失迷、沈淪，乃至於消泯，只想完全化作一個陽物，好能整個兒投入進去。人爲什麼就不能謹愼一些，不搞這種銷魂的嬉戲呢？男人的欲壑是塡不滿的，在尋歡作樂中總要變換花樣。他們所嚐到的樂趣越强烈，所產生的欲念也就越强烈。露出一點胸脯給你情人看，他就要看整個酥胸；給他看一個雪白挺突的小乳峯，他就要用手撫弄。一個男人是水腫患者，越喝水越感到口渴；你若讓他撫摸，他就要親吻；你若讓他摸向下身，他就要求歡交合。他的頭腦不斷產生奇思異想，不同你交歡是不會讓你消停的。如果雲雨一番，又會怎麼樣呢？他就會像寓言中的那條犬一樣，捨棄骨頭去追逐影子，貪多求全而全部喪失。說起來這固然是透闢中肯之談，可是歸根結底，還要回到這句俗諺上：陽物挺硬不消停。就拿我本人來說，別看我像個學究，在此空言論道，唉！老天在上，如果眞有一位女郎，像丹維爾夫人這樣，雙腿叉開，給我看鮮艷艷的陰戶，而我只要願意，就可以潛入這歡樂之泉，那麼，我就會成爲口是心非、言行不一的第一人。難道我只誇誇其談，只是頻頻親吻挑逗，總之，只是空說不做，以此爲樂嗎？當然不會，我要從這「拱門」長驅直入。想想看，我怎麼會拖延時間，圍著這個浪貨打轉呢！我破門而入了。她特別興奮，不知疲倦，緊緊摟住我，身子不停地扭動，同我一次次的衝擊協調一致。我雙手交叉放在她的屁股下，她的雙手也抱住我的屁股；我們嘴對嘴，上下吻合，彷彿兩個陰戶相對，我們的舌頭則交相淫樂；我們的一聲聲喘息，也都交織在一起；我們產生一種溫馨的倦意，繼而又進入心醉神迷的狀態，更頹然不動了。

精力是天賜之物，此說甚有道理。天對其忠實的奴僕很慷慨，也就同意那些奴僕的後裔同樣具有慷慨的秉性，而且這種普遍天生的精力能夠遺傳，能從修士傳到他們子女身上。這是修士們給子女留的唯一遺產！唉！這種遺產，我很快就揮霍精光！不過，這是後話，不能越過我的種種艷遇，要按部就班，慢慢再敍述不幸的結果，這樣也不會令人感到突然。

我投入到這場淫樂的冒險中，必須動用在這方面的全部天賦，方能大顯我的身手。假如遇到勁敵，我可以毫不誇口引用《熙德》❹中的台詞：

我的確很年青，然而要論驍勇，
只要出身高貴，何必計數年齡。

我和丹維爾夫人在一起，一直表現得極爲出色，可是漸漸地，她越戰越勇，而我只有招架之功，沒有還手之力了。不久她發覺我已且戰且退，於是便激我，鼓勵我向她發起新的衝擊；她還亮開架式，以愛撫讓招，向我提供一次新的勝利機會。我重又色迷迷地望著她，重又津津有味地吻她的胸脯，還一邊嘆息，一邊加速搔她的陰戶。她發現施點妖媚的手段，就把我置於衝動的良好的狀態。

「哼！小騙子，」她吻著我的眼睛，對我說道，「你硬起來啦！你這寶貝還眞硬啊！它多麼粗呀！多麼長呀！小壞蛋，你有這樣一個神氣的傢伙，到哪兒不受歡迎呢？怎麼樣，要不要再痛快痛快？」

我無需回答，只是情意濃濃地催她快些躺下。

「等一等，」她又說道，「等一等，我的朋友，我要讓你嚐嚐一種新的樂趣，我要顚倒過來，在上面幹你。你像我剛才那樣躺下吧。」

我立刻仰面躺下，她趴到我的身上，抓住的傢伙，對準她的陰戶，開始拱動。我躺在下面一動不動，由她怎麼做，我唯一用勁之處，就是接受她給予我的快感。我不時觀察她，她也不時停下來，狂吻我一通；她的兩個乳峯隨著身體微微抖動，每次垂到我的嘴上，我就吸吮。一股快感向我預示，淫樂的高潮臨近了，我也隨她一起用力拱動，結果我射精了，她也分泌了精液，在我的下身流了一灘。

將近兩個小時的交歡，我先是猛烈衝擊，後來又只守不攻，幾場激戰下來，我已經精疲力竭，渾身像散了架，感到十分睏倦，就想睡覺。丹維爾夫人把我的頭放在她的懷裡，讓我嚐過愛的歡樂、被我吻得仍然滾燙的地方，再嚐一嚐睡眠的溫馨。她親手給我擦了擦臉上的汗水，親了我一口，對我說道：

「睡吧，我親愛的心肝兒，安心睡吧，我這樣看著你，就心滿意足了。」

我很快昏昏入睡，睡得十分深沈，醒來的時候，太陽快要西沈了。我睜開眼睛，目光立刻移向丹維爾夫人。她正含笑注視我。在我睡覺的時候，她在打花結，見我醒來，便停下手，給我一個吻，舌頭探進我的嘴裡；繼而，她把手中的活計放到一邊，期望我跟她一起打一打另一種樣式的花結。她絲毫也不向我掩飾她的性欲，催促我儘快使她滿足。我既不反感，也無欲望，仍然是一副無精打采的樣子；丹維爾夫人見此情景，簡直急得要命。然後此事如若取決於我，我寧願休息，不想行動了。可是這並非夫人的意圖，她緊緊摟住我，那灼熱的愛撫壓得我喘不上氣來。徒勞無益，我仍然不感興趣。沒有性欲了，我也想刺激自己興奮起來，但同樣無濟於事。她又換一種方式來喚起我冷卻的熱情；她仰身躺下，撩起襯裙，深知給我看的部位對我有多大迷惑力。她淫蕩地扭動著屁股，我微微有些動心，把手放到她給我看的部位，但是又心不在焉，我試著搔一搔，越發興趣索然。這工夫，她握著我這陽物，就像給一個患者號脈診病，要看身體强壯或虛弱，以便確定開藥的劑量。那樣，她慢些還是快些搖動手中之物，也是根據她覺出的淫欲增長的程度。我這傢伙不負她的厚愛，最後果然硬起來了。她勝利了，看得出由於我的性器官又恢復精力，她的眼睛閃著喜悅的光芒。她的撫弄有這等效力，我也非常高興，立刻就向她表示謝忱。她以狂熱的愛來接受我謝意，麻利的動作同我的性衝動配合得極好；她緊緊摟住我，渾身扭動，投入到顛鸞倒鳳、節奏極快的交歡中，結果我沒有怎麼費勁就射精了，但嚐到了極大的快感，不免怪我這陽物剛才緩得太慢，妨礙我遲遲品嚐不到如此美妙的滋味。

我們在這塊草坪上放情淫樂，現在該離開了。不過，我們還臉紅耳熱，離開草坪時，還要在迷宮似的樹林裡兜幾圈，以免讓心懷惡意的人看見，會猜出其中的奧妙。當然，我們邊走邊交談。

「我對你非常滿意，我親愛的撒肚男，」丹維爾夫人對我說道。「你呢，怎麼樣？」

「我嘛，」我答道，「你讓我嚐到這麼大的樂趣，我當然喜出望外！」

「是啊，」她又說道，「不過，我這樣順從你的欲望，眞有點不大理智。你能謹愼些，不亂講嗎？」

我怪她說，我完全明白她並不愛我，她準後悔不該對我這麼好，否則，她怎麼能認爲我會宣揚這件事呢。她十分滿意我的回答，如果我們不是走到花壇邊上，能被別人瞧見，那麼，她就會立刻報償，給我最溫柔的吻。她雖然沒有再說什麼，但是把我的手緊緊按在她的心口窩，同時癡情地看著我，眞叫我飄飄欲仙。

這時，我們走得特別快，也不再說話了，只見丹維爾夫人眼神不安，左顧右盼。我無需探詢其中的緣故。對她，我絕不懷疑，看官也不可能有所懷疑，一定會確信，像我們這樣盡情歡樂一場之後，夫人必然滿意她所度過的這一天時光。其實，她只是想讓這一天過得更加圓滿，才如此警覺，如此注意觀察，是否有冒失的僕人會前來妨礙。至此，看官要說：她屁股後面一定附著魔鬼吧？這話有道理。她剛剛吸乾了這個可憐的小傢伙，小傢伙招架不住，只好歸順，這話不錯。然而，她有什麼絕招，能讓小傢伙硬起來呢？嘿！看官從下文便可知曉。

我一入世就表現得相當出色，可以說開始明白人情事故，作爲這樣一個小伙子，我認爲如不把丹維爾夫人一直送回房間，就未免太不盡人情了。我陪夫人回到房中，就準備施禮告退，最後再擁抱吻她一下。

「怎麼，」她吃驚地問道，「你要離開，我的朋友?還不到八點鐘呢，好了，再待一會兒吧，由我說合，你那本堂神父是不會怪你的。」

順便提一句，我曾告訴過她，我換了住址，有幸成爲本堂神父先生的一個住宿生。

一想起本堂神父的住宅，我就側耳傾聽丹維爾夫人的話了，由她好意出面，讓我晚一個小時回到那討厭的地方，我何樂而不爲呢!她讓我坐到沙發牀上，又去關上房門，返身挨著我坐下，立刻拉起我一隻手，用她的雙手揉搓，同時定睛看著我，卻一言不發。我一時莫名其妙，不知這樣沈默是何用意。終於，她打破沈默，對我說道：

「你覺得沒有欲望了嗎?」

我此刻所處的狀態無力滿足她，只好默默無語，承認自己無能爲力，就太丟面子了。因此，我垂下眼睛，心中又羞愧又氣惱。

「我親愛的撒肚男，這裡只我我們兩個人，」她又說道，同時在給我的吻中，加倍注入了情愛，但這不足以引起我更大的愛戀。「這裡沒人看見，我們脫掉衣裳，躺在我的牀上；來吧，我的小心肝兒，來吧，我們全脫光了。喏，我會讓你硬起來的。」

她把我抱起來，可以說是把我抱上牀的。接著，她就幫我脫衣服，顯然她急不可耐，動作十分麻利，很快就看到我處於她渴望的狀態了：渾身一絲不掛。我由她擺佈，只想順從她，並沒有求歡的欲念。她把我掀倒在牀上，然後撲上來壓住我的身子，連連吻我，她還吸吮我的性器官，甚至連我的睪丸都吞到口中，彷彿沈迷於這種姿勢，使我的性器官沾滿了泡沫一般的白色唾液。然而，她使出全身解數愛撫挑逗也是徒勞，難以讓精疲力竭的冰冷軀體重新活躍。我的陽物只是微微挺起一點，還是疲軟無力，根本不中用。於是，丹維爾夫人立即跑去找一個首飾匣，從裡面拿出一個裝滿淡白色液體的小瓶，往她手心裡倒了一點，返身往我的睪丸和屌上搓了好幾下。

「好了，」她得意揚揚地對我說道，「我們的歡樂還沒有結束呢，我親愛的撒肚男。等一會兒，一定有好戲看哪。」

我焦急地等待她的預言變成現實。我已經覺得睪丸上有啄感，可望她的祕方能夠靈驗。丹維爾夫人趁著藥物漸漸起作用的工夫，也開始脫衣裙。她那赤條條的身子剛出現在我的眼前，就有一股高溫使我的血液沸騰，我的器官硬挺起來，顯示出一種巨大的力量，是我從未有過的一種勁頭。我忽然瘋狂起來，猛撲到她身上，根本不容她緩過神兒來擺好姿勢，我簡直要把她吞掉，不給她一點喘息的機會。我什麼也看不見，什麼也分辨不出來了，我的全部神思都集中在她的陰戶裡。

「停一下，我的小心肝兒，」她高聲說道，並掙脫我的摟抱，「別著急呀，我親愛的國王，稍停點兒，愛惜我們的情歡；要知道，如果我們不考慮持續的時間，作樂一時倒很痛快，但是轉瞬就會消失。這樣來，你的頭對我的腳，你的腳對我的頭。」

我照她說的掉過身子。

「你把舌頭伸進我的陰戶裡，」她又說道，「我呢，就把你的傢伙放進我的口中。就是這樣。親愛的朋友！你叫我眞快活呀！」

神仙啊！她也叫我同樣快活！我的身子躺在她的身上，彷彿在極樂海上暢遊。我往她那裡探舌頭，盡量往裡深入，整個腦袋都想鑽進去，整個身子都想鑽進去！我舔她的陰蒂，一直探到底，汲取瓊漿玉液，眞是無比醇美，勝過在詩人的想像中，由青春女神端到神仙會餐桌上的仙酒，除非那是同樣釀製的玉液瓊漿，是羣仙直接對著可愛的赫柏❺的下身飲用的。如果眞有這後一種情況，那麼詩人對那種仙酒的所有讚美，要遠比實際情形遜色。說到此處，會有人氣憤地打斷我的話，質問道：那麼，仙女們喝什麼呢？她們就吸吮該尼墨得斯❻的陽物啊！

丹維爾夫人的手臂緊緊抱住我的屁股，我的手臂也緊緊摟著她的屁股；她用舌頭和嘴唇撫弄我的陽物，我也用舌頭和嘴唇撫弄她的陰戶。她微微抖動，並劈開雙腿，從而向我通報快感在她身上所取得的進展；我也發出同樣的信號，讓她了解快感在我身上的增長。我們相互愛撫，時輕時重，時慢時快，在歡樂的海洋中忽而沈潛，忽而向前游去，游向極樂之點。不知不覺中，接近極樂點了。於是，我們全身僵硬起來，更加用力地摟緊，似乎聚斂我們身心的全部能力，迎接我們即將嚐到的最大的歡樂。

冷冰冰的淫棍，遠遠離開這裡，

怕攻擊第二下，算什麼屌樣的，

一下便軟下來，倉皇逃離陣地。

趕緊滾開，你們不配我這情欲。

我們倆同時射精了。我一下下往外擠。這工夫，我的嘴正對她的整個陰戶，接收她排出的精液，吞嚥下去。她也一樣，吃下我射出的精液。魔力消失了。我嚐到的樂趣倏忽化爲泡影，化爲淡淡的印象，只給我留下好事難再的絕望情緒。歡樂就是這樣。

我重又跌入厭惡和疲軟的狀態；既然丹維爾夫人曾用祕方把我從這種狀態中拉出來，我就懇求他再給我用一次祕方。

「不行，我親愛的撒肚男，」她對我說道，「我非常愛你，不想讓你找死。你要滿足，就到此爲止吧。」

我還不急於丟掉這條小命兒。一場歡樂要以生命爲代價，就不再對我的口味了。於是，我們重新穿好衣裳。

這一天過得太痛快了，我當然要人家保證，再定類似的幽會。丹維爾夫人的滿意程度不亞於我，她還主動向我提出來。

「你什麼時候再來？」她一邊抱著吻我，一邊問我。

「儘快吧，」我答道，「可是我急得很，怎樣也不嫌早，明天怎麼樣？」

「明天不行，」她含笑對我說道，「我給你兩天時間吧，你第三天頭上來看我。等你來的那天，」她打開裝著靈藥水的小匣，拿出幾片藥來給我，繼續說道，

「要注意吃了這藥。撒肚男，你的嘴千萬要緊，對誰也不能講我們做的這些事情。」

我向她保證永遠守口如瓶。我們最後一次擁抱親吻，便分手了；看她那神情，顯然確信我把童貞獻給她了。

丹維爾夫人留在房間裡，她提醒我趁黑離開，小心不要讓人瞧見。我穿過前廳時，被人攔住了。是誰呢？是素宗。我一看見她，便站住不動了，覺得她出現在我面前，就是一種責備，責備我剛剛嚐到的樂趣。我的想像同我的心聯成一氣，共同折磨我，爲她充當我的所做所爲的見證者。她拉起我的手，但是一言不發，我則慚愧萬分，垂下了眼睛。然而，半晌沒聽見她開口，我不安起來，還得藉助於眼睛詢問她沈默的原因。我抬眼一看，才發現她正在流淚。這一情景令我心醉，一時間，素宗又奪回丹維爾夫人憑藉愛撫在我心中竊取的地位。眞難想像，素宗的女主人居然迷惑我的眼睛和我的心，使我眼裡只有她，使我只對同她作樂感興趣。我天眞地以爲這是巫術的結果，而其實，這僅僅是我的秉性和淫樂的誘力在作祟。

「素宗，」我口氣肯定地說道，「妳哭了，我親愛的素宗。妳看我時，眼裡充滿了淚水。難道是我惹妳傷心流淚嗎？」

「對，就是你，」素宗答道，「我這樣向你承認，都感到臉紅，狠心的撒肚男，對，是你惹我流淚的，是你惹我傷心，是你讓我痛苦得要死！」

「是我？」我高聲說道，「天理啊，素宗，妳敢這樣指責我嗎？我多麼愛妳，受到這種指責不冤嗎？」

「你愛我？」素宗又說道，「噢！如果你講的是眞話，那我就太幸福啦！可是，這樣的話，也許剛才你也對丹維爾夫人講過吧。你若是愛我，還會跟她走嗎？你看我出去，就不能找個藉口，也出去找我嗎？難道她比我强嗎？飯後這麼長時間，你同她在一起幹什麼啦？你是怎麼說的？你想到素宗了嗎？你這胞姐愛你，可勝過愛自己的生命！是的，撒肚男，我愛你，你激發起我對你的感情非常强烈，如果得不到你的回答，我會痛苦得死去！你不作聲了，」素宗繼續說道，「唉！我看得太淸楚啦！你隨我的一個情敵走，心裡一點也不感到勉强。我恨死她了。我用不著懷疑，她愛你，你也愛她。你一心想著她答應給你的歡樂，卻沒有考慮你這樣幹會叫我多麼痛苦，現在我還心痛欲碎。在看到她的時候，你本人就感覺不到這一點嗎？」

這些責備的話脫口而出，很有說服力，我聽了很感動，也確認了我本人戀愛的心情：我向丹維爾夫人表達的感情，雖說是短暫的，但是畢竟發自我的內心，萌生於她的愛撫在我心中點燃的激情。

「素宗，」我答道，「妳這樣哀怨，一句句撕裂我的心，不要再說了，不要再折磨妳的可憐的兄弟吧，妳的眼淚叫人受不了，我愛妳勝過我自己，我愛妳超出我在口頭能向妳表達的程度！」

「啊！」素宗又說道，「你又給了我生活的信心。往後，你心裡只能有我一個人。從昨天起，我的頭腦裡也只想著你，我走到哪裡都有你的影子跟隨，你也要這樣。不過，聽我說，撒肚男，要我不計較你對我的侮辱，那只有答應再也不見丹維爾夫人了。你愛我到了能爲我捨掉她的程度嗎？」

「當然了，」我答道，「我爲妳捨棄她，她的全部魅力，也抵不上妳一個吻。」

說著，我就摟住她親吻，她也不忸怩推卻我的愛撫。

「撒肚男，」素宗又說道，同時深情地緊緊握住我的手，「要講眞話，丹維爾夫人一定要求你再來看她，她讓你什麼時候再來？」

「第三天頭上。」我答道。

「你要來嗎，撒肚男？」她神話黯然地問道。

「妳說我該怎麼辦呢，」我反駁說，「我來這裡，就是要給她一副冷臉子看，讓她死了那份心；我若是不來的話，那麼遲遲見不到我親愛的素宗，心裡多難受啊！」

「我是要你再來，」她又說道，「但是不能讓她看見你。到時候我裝病，躺在牀上，一天時光，我們就在一起度過。」她又補充說：「不過，你還不知道我房間在哪兒呢，跟著我，我帶你去。」

我只好跟她走，但是雙腿戰戰兢兢，心中隱約接到自己要出事的信號。

「就在這裡，」素宗對我說道，「這就是給我住的房間。你要跟我一起度過那一天，心裡不覺得遺憾嗎？」

「哈！素宗，」我答道，「妳向我許諾的眞是天大的樂事！我親愛的素宗，將來，我們單獨在一起，我們能經常相會，盡情相愛。素宗，這種幸福，妳也像我這樣看嗎？」

素宗默然不語，彷彿陷入沈思，我催促她快說話。

「我完全明白你的意思，」她回答說，口氣中流露出內心的激動，「到那天，我們單獨在一起，可以盡情相愛……噢！撒肚男，你談論那一天，顯得多麼無所謂！如果你還能等上兩天，那麼，那種歡樂的情景並沒有怎麼觸動你！」

我體會出她這句責備話的全部份量。

明知冤枉，又無法向她證明，我不免心急如焚。一時間，我的想像中湧現各種各樣的念頭。同丹維爾夫人尋歡作樂，多麼可悲，我又多麼後悔啊！我詛咒，我鄙視那種淫樂，我深感痛悔。天啊！我在內心裡浩嘆，現在，我同素宗在一起，如能嚐到那種樂趣，流乾我的鮮血我也心甘情願！而此刻，這種樂趣伸手可及，我卻不能享用！我已經疲憊不堪，甚至連萌生一種欲望的氣力都沒有啦！唉！產生了欲望又如何呢，我也沒有滿足這種欲望的力量啊！

在紛亂的思緒中，我忽然想起丹維爾夫人給我的藥片，推想其效力能相當於她給我抹的藥水，我也不懷疑這藥同樣立見效果，於是吞服了幾片。很快就能讓素宗明白我的心意了，我有了這種希望，便開始熱烈擁抱並親她。我們兩人都誤解了這種衝動：素宗以爲這是我的愛情的表示，我則認爲這是我的精力恢復的信號。素宗想得太美了，算定我馬上就要同她交歡，便有五分迷醉，仰身倒在牀上。儘管我對自己還沒有信心，然而此刻，我若是不能拿出個樣子來，有負她的期望，那簡直就要害她痛苦死了。我這樣一轉念，便過去趴到她身上，我的嘴也壓住她的嘴，並把我的傢伙放到她手中。這傢伙還不爭氣，軟塌塌的，不過我相信，素宗一上手，會促進藥片發揮效力，很快就能達到我所盼望的狀態；素宗緊緊握住，又撫弄又搖晃，然而無濟於事。我也竭盡全力，比起我在丹維爾夫人身邊所做的努力來，可以說百倍過之，但是毫無進展，我的全身一直僵冷。我心中暗道：我擁抱的可是素宗，是我親愛的素宗啊，而我這兒卻硬不起來！我吻著她的乳峯，吻著我昨天崇拜的一對美乳，難道今天有所不同嗎？絲毫也不減色，依然那麼渾圓，那麼挺突，那麼雪白。我觸摸的肌膚，還像我一見傾心那樣，既溫馨又柔美。我的大腿緊緊貼著的大腿，難道不是和昨天一樣滾熱嗎？她又開了雙腿，我的手指伸進她的陰戶裡，唉！我也只能放進去手指頭！素宗哀嘆我這玩意兒不中用，我也惱恨丹維爾夫人贈給我的害人藥物，想像她預見到我離開她後會發生的情況，就給我藥片，想把我本已被她弄得疲憊不堪的身體徹底搞垮，以便斷絕我的欲念。我的血液持續冰冷完全證實了這種想法，看來不管蒙受多大恥辱，我也得向素宗承認我不行了；我正要開口，不料卻以另一種方式擺脫了困境。看官會想，一定是愛的力量顯示奇蹟，成全我的好事，我的陽物硬起來，插進去：噯！大謬不然。是一隻無形的手，猛然扯開幔帳，給了我生來從未挨過的一記大耳光。事起突然而怪異，我嚇壞了，連叫喊的力量都沒有，只剩下奪門逃跑的氣力了，我倉皇逃跑，把素宗丟給瘋狂的厲鬼，是的，我並不懷疑見鬼了。我慌慌張張離開了莊園，回到本堂神父那裡，向他詳細敍述了我所經歷的場面，然後躺到自己牀上還渾身發抖。當時，我恐慌加想像，還相信眞有其事；我只是在發事的地點上欺騙了本堂神父，沒有講是在素宗的房間裡發生的。

我又疲憊又驚嚇，精神十分委頓，躺在牀上便昏昏沈沈睡著了，次日醒來，依然委頓不堪，想起牀都渾身乏力。疲憊到這種程度，我深感意外，只能歸咎於前一天的作樂，儘管在淫樂的興趣上我尚無感覺，但是事後，我第一次懂得在男女情歡中一定要有節制，我也明白過分順從美人魚的欲望，要付出多大的代價。那些淫蕩的美人魚出於自身的利益，只要還能以妖媚的手段吸引你，就不會放過，一定吮、啃噬，吸乾你的鮮血之後才把你丟掉。爲什麼總到事後才這樣考慮呢？在愛情上，理智之光向來只照耀我們的痛悔。

驚嚇在我頭腦中留下的陰森可怖的印象，經過休息，不知不覺地淡漠了。我本人倒沒有事了，但是我的心更加惦念素宗，不知道她的命運如何。一想起我把她拋在何等境地，我就不寒而慄。她準會嚇死，我悲傷地想道，我了解她膽子特別小，且不說昨天的情況，就是碰到沒那麼可怕的事，她也會嚇死的。素宗不在人世了，我這樣想下去，簡直心痛欲碎！素宗不在人世啦！天哪！我的心起初受這種種痛苦的念頭緊逼，不久之後才敞開，眼淚如泉噴湧而出，當托乃特進來時，我還在流淚。她是聽說我病了趕來探望的。我一看見她進來，便大驚失色，惟恐她是來報兇信的；此事我已不再懷疑，但是又渴望托乃特親口告訴我。然而，她的來意並非如此，無論她還是別人，都絕口不提素宗，也許我的痛苦是沒有根據的，我想素宗大概同我一樣，虛驚了一場，現在安然無恙了。我打消了以爲她殞命而感到的悲傷，又產生了好奇心，想知道我離開之後，她的房間裡究竟發生了什麼事。不過，我這種好奇心，要待我復原之後才能得到滿足。

丹維爾夫人給我的兩天休息時間過去了，到了第三天頭上，我雖然開始感到有了精神，確信病已痊癒，但是毫無興致去莊園尋歡作樂。上次事件我還記憶猶新，心有餘悸，將我的欲望扼殺在初萌的狀態中。回想起來，我只有一點傷心，就是我正要同素宗歡愛，不料飛來橫禍，陡然阻斷了。

轉念至此，我又想起丹維爾夫人給我的藥片，就把剩下來的全吃下去，只想看看能給我增添多大精力。且不說藥效發揮得快還是慢，也不知道是不是這春藥的作用，反正我吃下去之後，就美美睡了一覺，醒來時就感到陰莖勃起，只覺神經異常緊張，劇烈脹痛，如果不是在丹維爾夫人那裡有過類似的感覺，那我眞會驚慌失措，害怕神經繃斷了。我的處境極爲尷尬。讓別人嘲笑吧，對我說什麼都無所謂。喂，怎麼？好樣的渾小子，你的手不是也長著五根指頭，用手指對付肉欲，不是又可靠又萬無一失嗎？還是問問那些虛僞的敎士吧，問問那些發青醜陋的臉上一副苦修相、腐敗的心中卻裝滿好色淫蕩的念頭的僞君子。他們是怎麼做的呢？不是哪兒都能找到妓院，也不是隨手就能抓到一個女信徒，然而，總歸長個陰莖吧。他們就利用自己的傢伙，自己撫弄，直到射出淡白色的液體，即傻瓜們所謂的苦修之果。好樣的渾小子，你何不也用這種方法呢？那不是非常靈驗嗎？

這一點我當然知道，可是不久前，我稍微放縱一點，身子就累垮了，衰憊不堪，彷彿成了殘廢。按我現在的狀態，再行作樂，即使放縱一點，大概沒什麼問題，不過前車不遠，我還不急於重蹈覆轍。因此，我抵制這種誘惑，只滿足於輕輕撫弄我的陰莖，不時擺弄幾下，產生一點快感，再戛然住手，然後再重來，這樣周而復始，倒也頗有趣味。照這樣做，快感大不强烈，然而你可以隨意重複多少回。

再加以想像，你的神思飛舞，光顧你感到悅目的尤物：這是褐髮女郎，那是金髮女郎，這個嬌小，那個修長。只是舉手之勞，天下美色就能供你一人淫樂，你的欲望不受條件的限制，可以直趨帝王的後宮，不管多麼高傲的貴婦，也不得不順從，供你隨心所欲地支配。你離開後宮，又可以降尊紆貴，去找年青女工：你想像那是個羞怯的女孩，還沒有嚐過男女交歡之樂，僅能從她本身所感到的欲望，瞭解你的性欲的性質；你親親她的嘴，就會看見她的俏臉羞紅；你毫無阻礙，掀開一條手絹，便可欣賞初長成的酥胸；你從那突突跳動並嘆息的胸脯往下走，便摸到一個滾熱滾熱的小陰戶；你可以按照自身快感的需要，隨意增加或減少，抑或化解小陰戶的阻力。

肉欲快感的天性靈敏活躍。如果比喻的話，我就把這種快感比作地火：火焰突然衝出大地，明亮耀眼，等你的目光要尋覓其來源時，卻又倏地熄滅了。是的，快感就是這樣，來時突兀，去也杳然。你見到過嗎？沒有。這不奇怪，肉欲的快感，在你心靈裡引起的反響十分强烈，又十分迅疾，那衝擊力摧垮你的心靈，令其無力辨識這種快感。要想蒙哄，繫住這種快感，要想迫使它陪伴你的眞正方法，就是同它耍戲，呼喚它，端詳它，任它逃逸，再次呼喚，再讓它逃脫，最後又把它找回來，你就完全投入它的狂熱。

我就是幹這種營生，不覺暮色沈沈，正要結束自行的淫樂，進入夢鄉，忽然看見一個人穿著睡衣，從我的牀前溜過去，一晃不見了。我見到這一影像沒有害怕，倒是睡意頓消。儘管非常黑暗，我想準是外號叫神父的那個傢伙，我在描繪妮可兒的形象時，曾經提起過他。我心中暗道，是小神父，沒錯，準是他。那傢伙去哪兒？去幹妮可兒。他不是約會，而是自己溜去的吧？哼，當然不是，我跟去瞧瞧就知道了。於是，我跳下牀。我身穿戰袍，也就是說穿著睡衣，我瞭解那些人。我摸黑走進一條小走廊，美人的房間就在這裡。房門沒有上鎖，我推開門，摸索著走進去，小心翼翼地走近牀舖，心想那對情人準在顛鸞倒鳳呢。我探過頭去，傾耳諦聽，等著他們的嘆息聲告訴我，是否很快該輪到我了。我聽見有人喘氣，但好像是一個人。難道他沒有來嗎？我不禁驚奇地暗道。沒有，他肯定不在這兒，我在心裡繼續嘀咕，同時加倍注意傾聽，他不在這兒，哼！神父先生，等一會兒，你只能用一顆牙齒品嚐了。這時，我的手悄悄摸進睡美人的兩腿之間，我又壯著膽子吻了她的嘴。

「啊！」她低聲說道，「你怎麼遲遲不來！人家等得都睡著了。上牀吧。」

天哪，我立刻上了牀，趴到我的維納斯的身上。她摟住我，但是相當冷淡，顯然以爲她接待的是她溫情愛著的情人。我暗自慶幸並感謝命運的這種安排：慶幸有些艷福，性欲能得到滿足；感謝命運給我這樣美妙的機會，向那個鄙視我的母老虎進行報復。我吻她的嘴，用嘴唇拂弄她的眼皮。剛才在我房間，我的欲火始終引而不發，現在迸發出來尤爲强烈。我撫摸她那乳房，她那柔媚的胸脯。毫無疑問，妮可兒的酥胸極美，既硬實又挺突，既豐腴又白晰，一對豐乳發育成熟，分別挺立，一言以蔽之，她的酥胸已臻完美了。我在歡樂之河上暢游，多少回祈願，現在終於實現了我同這天仙般可兒的好事。我給她飲了一大口醇醪，她又驚訝又讚嘆，欣喜若狂，顯然沒有料到會有這樣一頓美餐。我剛射了第一下，就感到更加興奮，欲罷不能，因而稍一蓄勢，又射了第二次，而且勢頭不亞於第一回，又引起美人的讚嘆。一飲再飲，美人似乎上癮，對我倍加親熱，用各種各樣的暱稱叫我，看來她期待我第三次大顯身手，以便讓這一夜超過她聲稱同我共度的所有良宵。儘管我感到蓄備尚足，還有餘勇可賈，可是我畢竟怕被小神父撞見，從而氣勢便稍有鬆懈。我心中納罕，小神父何以遲遲不來，想來想去，只能推測他改變了主意。轉念至此，我覺得可以喘口氣了，不必像我剛才那樣一洩爲快。

兩次射精，愛情的煙火便削弱幾分，幻景消失了，神志恢復了功能，欲火用以遮蔽神志的雲煙逐漸消散，於是，物品又恢復舊觀，由神志賦予其眞正的價值。到了這種時刻，美人則愈顯其美，醜婦則愈顯其醜。醜婦就只好自認倒楣了，不過我倒可以順便獻上一計：妳們既然相貌醜陋，在向一個男人示愛時，就應當掌握分寸，不要讓對方饜足，人家再也沒有什麼渴求了，也就再也沒有欲望了，情欲過分得到滿足便會止息。你們要當心，記住你們沒有花容玉貌那類女子的本錢，那類女郎自恃儀容修美，不怕讓對方饜足，也不怕看到對方的欲火熄滅，她們只要燦然一笑，只要稍作媚態，就能重新點燃對方的更熾烈的欲火。

我這種想法完全符合我的體驗。我用手撫摸爲樂，遍摸我的仙女的美妙之處，卻吃驚地發現，還是原來的部位，剛才撫摸和現在撫摸，感覺大相徑庭。她的大腿，剛才我覺得硬實豐滿，溫馨滑潤，現在卻變得皺巴巴，乾巴巴而又軟塌塌了，她的陰戶成了破爛貨，她的奶子成了軟皮囊，如此等等，不一而足。簡直難以相信會發生這樣奇異的變化。我怨自己的想像消極冷漠了，又怪我的手向頭腦提供的報告過分忠實。然而，這些尚不確鑿的證據，還不足以阻止我發起第三次衝擊。我正欲出戰，而對方也準備應戰，忽然喧鬧聲起，傳到我們耳畔。那叫嚷像是從尊敬的總管，弗朗刷絲夫人的房間傳來的：

「噢！狗雜種！」一個沙啞的聲音嚷道，「噢，不要臉的！噢！不……」

我正要往裡衝擊的時候，我的小妞兒一聽這話，立刻推開我，對我說道：

「哎呀！天啊！怎麼欺侮我們的女兒？想要她小命是怎麼的？快去看看。」

我不應聲。我聽這話十分詫異，如墜五里霧中。我們的女兒……我心中暗道。妮可兒有個女兒？那邊喧鬧仍然不止，這邊繼續催我快去救援，我還是照舊不動彈。對方不耐煩了，跑去找火鐮，點亮蠟燭，藉著亮光，我認出來……好意思說嗎？我認出弗朗刷絲夫人，那個老貨……噢！一想起那討厭的時刻，我就發怔，的確，當時我一看見那個幽靈就嚇獃了。我明白自己走錯了門，恨得我咬牙切齒，是上了那個可惡的小神父的當，抑或是自己心急出錯，沒有注意認清地方。想來那天夜晚，本堂神父先生心血來潮，要同他那溫柔的貼身女僕作樂，便通知她準備好雙人舞；而神父先生怕讓人撞見鬧出醜聞，想等到夜深人靜時再如約赴會：正是這個原因，弗朗刷絲夫人把我當成了本堂神父，責備我姍姍來遲。由於黑燈下火，本堂神父先生跟我一樣走錯了地方，或者他從他親愛的侄女房間經過時，發現房門開著，便跑了進去，想上牀親熱親熱，不料牀上的位置已被人佔了，他大吃一驚，侄女竟幹出這種下流事，有辱他的清名，於是他撲過去，插到兩名鬥士之間，除了叫名字還對他們二人講了別的話，而表現出來的憤慨，也遠遠超出了遊戲的規則。

這工夫，那邊鬧得更兇，他們在撕打，簡直要鬧翻天！喂，快點兒！弗朗刷絲夫人，快衝上戰場！榮譽、情愛、好奇心、母愛，凡此種種，都向妳發出命令：快去分開親如心頭肉的仇敵，哪個有個三長兩短，妳也要悲痛而死。哎呀，看在上帝的面上，出去別關門，好讓我溜走啊！噢，母狗！她把房門反鎖上啦！倒楣的撒肚男，你怎麼辦啊，你怎麼溜走啊？弗朗刷絲夫人會發覺，跟她交歡的不是本堂神父，而本堂神父也會來這裡，發現你……噢！可憐的傢伙，拳打腳踢，你要吃皮肉之苦啦！你替別人受罰。他們在隔壁房間吵鬧，我關在這屋就這樣胡思亂想。我試著推推門，枉費心機。我落到這樣倒楣的地步，束手無策，只有哭的份兒了；我也實在懵頭了，竟然怯懦地哭起來，就好像我未曾體驗過，男人的命運就是這樣，禍福密切相關，緊緊相隨，即使身陷不幸，也不必絕望，要相信禍極福來，就在你認為受到震怒的命運猛烈打擊的時候，情況往往會急轉突變，在你的不幸中偶然生發出最歡快、最幸運的日子。萬靈的天主啊！正是根據你聖明的旨諭，我們才能看到這種奇蹟；這種風雨遭際，福禍無常，恰好可以糾正我們無度的肉欲。

我躲到牀底下，正在一籌莫展的時候，命運的輪子忽然轉動了。弗朗刷絲夫人一出現在隔壁房間，喧鬧聲反而更加激烈；她明明把本堂神父鎖在自己屋裡了，一進隔壁，猛然又見到本堂神父，眞以爲見鬼了，手中的蠟燭不覺失落。想像一下那種場面吧！我若是在場，就不必費神去想像了；不過，憑想像也好，我瞭解各方，能夠聯想許多情況，從而能描繪出完美的場面。如果願意，也不妨想像一下：本堂神父先生幾乎光著身子，只穿著褲襠，頭戴肥大的睡帽，他那對綠豆眼閃閃發光，那張大嘴直噴唾沫，兩個拳頭揮舞，沒頭沒腦地揍小神父和他侄女。再想像一下那對情人的狼狽相：美妞兒渾身顫抖，爲了躲避拳頭，儘量往牀舖面縮；小神父時而縮進衾被裡，時而探出頭來，有力地照面門打出幾拳，回敬連聲怒吼的本堂神父。再勾勒一下那個蕩婦的模樣：她只穿著睡衣，手舉著蠟燭，朝牀舖走去，想叫喊，可又瞠目結舌，一時怔住，嚇得手中的蠟燭失落，一屁股坐到椅子上。

鬧騰一陣之後，忽然靜下來，估計小神父怕被認出來，便伺機跳下牀，想要溜之大吉。本堂神父則窮追不捨。這工夫，我聽見有人急促開門，隨即又急忙關上。我嚇得渾身發抖。來人躺到牀上，這又令我膽顫心驚：想必牀上這人是弗朗刷絲夫人，過一會兒本堂神父就要來。樹葉在風中抖動，也不如我的心在驚恐中跳動得那麼厲害。然而，周圍一片寂靜，弗朗刷絲在牀上哭泣，同時頻頻嘆息。我大惑不解，弗朗刷絲何故痛哭？爲什麼又連聲嘆氣呢？她爲什麼回來了呢？本堂神父要來嗎？也許不來吧？噢！這樣捉摸不定最折磨人啦！有幾次我想出去，可是又怕撞見本堂神父，只好待在牀下，最後實在受不了，還是爬出去，準備溜之乎也，忽又被魔鬼叫住了，我聽見一個聲音在我內心對我說：傻瓜，你要去睡覺，你那傢伙還硬梆梆的，就忍心丟下弗朗刷絲獨自傷心，這麼害怕去安慰她，這是你起碼應該爲她做的事情！剛才她多麼溫柔，給你多少歡愛，難道你就不肯給她拭淚嗎？她年紀老點兒，不錯，她相貌醜陋，這也是事實，然而傻瓜，她不是同樣有女人那玩意兒嗎？眞的，魔鬼大王，此話有理。

一個陰門即陰門，
陽物勃起更好進。

好了，好了，內心的聲音接著說道，暴風雨過去了，無需害怕了，回到牀上去吧。我禁不住誘惑，重又上牀了。起初我小心翼翼，躺在牀邊上，我就這樣禮貌，還嚇得人家叫了一聲，但是她怕被人聽見，又立即憋回去了。我感到她往牀角退縮。對方這種反應，越發令我驚訝。我想只要說明我的意圖，就能打消她的疑懼；

我的說明解釋，就是把手放到我這老妞兒的大腿間。說來也奇了：她的大腿又變得遂意可人，能引起最强烈的衝動了，比我那會撫摸還覺光滑而硬實了。不管感到多大樂趣，我的手並沒有久留，又摸向小陰戶，我說小陰戶而非破爛貨，就是因爲不是破爛貨了。陰阜、肚子、乳峯、胸脯，無不變得平滑柔美，富有彈性，如同一位少女了。對方任由我撫摸，我又是親吻，又是吸吮，那種衝動的勁頭，只有想像一位美麗的少女才可能激發起來了；對方毫不推卻抵制。非但不抵制，我的欲火還重又點燃我的美人的欲火，她不再戲欷，而且悄悄向我靠攏。我也朝她靠過去，不久進入佳境，我讓她感受到我善於把哀嘆化爲愛嘆。我同她交合了。

「啊！」她這才開口說道，「我親愛的神父，怎麼這樣巧，你也來到這兒呢？你的愛情要害我流淌多少眼淚？」

我聽到這種情話，本該戛然而止；不過，我的欲火正熾，不容我分心旁騖，我只顧品味情歡，只顧深情地摟緊我的仙女，只顧以同樣狂熱的愛撫回答她放情對我的愛撫，只顧把我和她的喘息交匯在一起，總而言之，只顧顛鸞倒鳳，從而確認快感發洩之前的淫樂。

心醉神迷的狀態結束了，我又想起剛才對我說的話，心中不禁暗道：我這是在什麼地方？是同弗朗刷絲在一起嗎？比起我先頭嚐到的樂趣，這會兒樂趣的滋味多麼不同啊！然而，她把我當成了小神父，還對我說，我的愛情要害得流淌多少眼淚……難道她同妮可兒分享那個無賴的殷勤嗎？這個老太婆，顯然很嫉妒，她原以爲獨自佔有她的小面首的心。她爲什麼這樣老呢？她爲什麼長得這樣醜呢？唉！醜就醜吧，我還有足夠的膽氣，敢於面對撫摸時的厭惡之感，而在第一次交歡之後撫摸時，我就有那種極糟的感覺。我的手急不可耐，趕忙回到她那枯乾消瘦的肉體上，明知我這樣冒失的代價，就是大倒胃口，明知欲速則不達，我要恢復精力，最好還是等待，撫摸嬉戲非但不能促進，還可能適得其反，儘管如此，我還是貿然伸出手去。

然而出乎意料，我又驚又喜！我摸到每個部位，都發現同樣硬實，同樣豐滿，同樣滾燙，同樣滑潤。這是怎麼回事呢？我心中詫異道。難道這是弗朗刷絲嗎？難道不是她嗎？肯定不是她，只能是妮可兒。天哪！是妮可兒！我依仗著她已經給我的樂趣，在撫摸她時感到這種樂趣的延續。

想來，妮可兒必是乘弗朗刷絲一時驚愕，便從牀上逃下來，跑進這屋裡來躲避，以爲她的情郎也跑到這裡來藏身。這樣解釋就對了，她對我說的話也就極其自然了。我的頭腦裡充滿這一念頭，覺得她從前引起我的欲望重又萌發，更爲強烈了。這恐怕令人難以置信吧？我後悔以爲只是同弗朗刷絲交歡，因爲這相應地侵奪了我要妮可兒品嚐的樂趣。我很快進入良好的狀態，能補償浪費的時間了。

「我親愛的妮可兒，」我一邊親熱地吻她，一邊模仿小神父的聲調對她說道，「妳擔心什麼呢？這樣天緣巧合，將我們聚在一起，就是要我們盡情地相親相愛，妳怎麼能傷心呢？我親愛的孩子，我們幹吧，要把我們的晦氣幹掉。」

「你可眞叫我快活！」她既回答我的愛撫，也回答我的話，「那會兒，你的痛苦也增加了我的痛苦。是的，我們自我安慰，只有這個辦法，不要錯過機會。天塌下來也不管，只要我手裡握著這玩意兒，」她抓住我的陰莖繼續說道，「我甚至連死都不怕了。不必擔心會有人來打擾我們，我把門鑰匙拔下來了，他們除非把門踹開才能闖進來。」

她這一小心措施想得眞周到，我聽了非常高興，覺得這是愛神維護我們的利益，才啓示她這樣做的，於是，我撫摸跟她親熱時，又別有一種樂趣。我的陰莖始終握在她手中，這時硬得令她心花怒放。

「快點兒，」我對她說道，「快把它放進妳這裡面去，親愛的妮可兒，妳讓我等得好著急啊！」

妮可兒並不著急，她還繼續握著我的陰莖，頗爲吃驚，覺得它粗得出奇，還以爲是她撫弄的結果。

「等一等，我親愛的朋友，」妮可兒緊緊偎在我的懷抱裡，答道，「讓它變得再粗點兒，再長點兒。嘿！我從未見它這麼棒！今天晚上它長個兒了吧？」

看來在這方面，小神父的天賦遠遠比不上我。如果我不是一心想著幹別的事，我就會笑妮可兒的這種想法。

「啊！我會多少痛快呀！」妮可兒說著，把我的陰莖放進去，「往裡推，我親愛的朋友，往裡推呀！」

這用不著她告訴我，我長驅直入，身子完全趴在她的胸口和乳房上，我的火熱的嘴唇吻遍她的全身，繼而，我伏著不動彈了，彷彿氣息奄奄……

「再來呀，」妮可兒對我說道，同時她發狂地扭動身子，把我從迷醉的狀態中拉出來，「再來呀！」

我立刻向她連續衝擊，拔出來再戳進去，她說一直戳到她心上。她給我的衝擊也不亞於我！宛如火流到處點燃，宛如快樂的激流，一直衝到我軀體的最隱蔽的角落！射精啦！精液啊，你是神的一束光芒！更確切地說，你就是神的化身吧？人爲什麼不死在你的噴射中呢？由於酒神的母親一再請求，宙斯同她神交了，她不是死掉了嗎？神話學家先生們，你們搞錯了，奪走塞墨勒❼性命的，既不是主神的神力、雷電，也不是他的威儀，而是從他性器官噴射出來的熾熱的精液。穆罕默德，我遵從你的旨諭，是你的最虔誠的信徒；不過，你要對我信守諾言：你向你的信徒們許諾，到了天堂就能同你的那些紅仙女、白仙女、綠仙女、黃仙女交歡；那麼，你就讓我在一千年期間，享受那種常樂常新的快感，那種美妙射精的激動；其實，什麼顏色的仙女倒無所謂，只要射精，我別無他求。

妮可兒叫我喜出望外，我也叫妮可兒喜出望外。一個老婦和一名少女，眞有天淵之別！一名少女雲雨是發自愛情，一個老婦交媾則純屬習慣。年邁的人喲，還是讓給年青人幹這種事吧！這對你們來說意味勞累，而對年青人來說卻是歡樂。

我的陰莖比行動前還要硬，在她的陰道裡始終不見軟下來。妮可兒欲火愈熾，更緊地摟住我；同樣熾烈的欲火在我身上升騰，我也更緊地摟住她，顯示我的硬工夫。在這種銷魂的時刻，就是給她一個女王的寶座，她也不會丟下我；就是讓我統治整個天下，我也不會離開她。我們耗損一點兒之後，很快又行動起來。冒失是愛情的一種秉性，歡樂使你們忘乎所以，你們沈浸在娛樂之中，卻不去想歡樂可能消失。我們就是因爲太狂熱而暴露了；要知道，牀舖正頂著間壁牆，未料想弗朗刷絲就在隔壁房間，可能被我們弄出的響動驚醒。我們絲毫也不當心，弄得牀舖直搖晃，撞在間壁牆上發出很大聲響，果不其然，不久，弗朗刷絲就明白她的臥室裡發生什麼事了。她疾如閃電，一下子衝到房門口，卻不見了銅匙。怎麼辦呢？叫妮可兒吧，說叫就叫，我們一聽見那可怕的喊聲，嚇得心都涼了，立刻停了下來；這樣，老太婆就不叫喊了。然而工夫不大，我們不那麼老實了。本來我們多麼亢奮，突然靜止不動了，在這種彆扭的狀態中難以持久，很快就蠢蠢而動，重又交歡，雖然百倍小心，怎奈老太婆豎著耳朵諦聽：我們不由自主的喘息和斷斷續續的嬉語，儘管聲音低沈，她也能聽出我們在悄悄搞什麼鬼。又叫嚷起來：

「妮可兒，」她敲著間壁牆嚷道。「該死的妮可兒，妳還有完沒完？」

我們又噤若寒蟬。後來乾脆不怕了，我對妮可兒說，反正我們已經被發現，就沒有必要顧忌什麼了。妮可兒默許了這一勇敢的決定，並搶先猛一拱屁股，同時又把舌頭送進我的嘴裡，特別向我賣弄一下。猶如把生死置之度外的戰士，冒著敵城上射來的炮火，在陣地上繼續從容鎭定地挖工事；不斷嘲笑在他們頭上毫無威力的隆隆炮聲；我們也無所畏懼，繼續幹我們的，根本不理睬弗朗刷絲捶牆的咚咚聲響。不是由於剛才中斷了一會兒，就是受了老太婆吵鬧的刺激，我們的歡愛很快進入高潮，達到快感極樂，彼此都老實承認，我們還從來沒有如此痛快過。

在極短的時間內五番雲雨，一個剛復原的人有這種表現，也眞夠意思了，況且那是從什麼病中康復的呀！而我的感覺還不錯，並沒有完全喪失戰鬥力。不過，還應理智一點，不可恣意妄爲：這點理智我還有，我戰勝了自己的性欲。當然也要承認，我這樣有節制，愼重思考也起了很大作用。對我們偸情的這種伎倆，弗朗刷絲遲早會不耐煩，可能從好心責備進而呼喊，難說還要怎麼，可能從呼喊進而敲響警鐘，還與許前來守候，堵住我們的房門口。要出門就有危險，半路被人截住。這可不是好事。躲在被圍困的房間裡，一直等到天亮嗎？歸根結底，還是得走出這間屋子。怎麼走出去呢？光著身子，少男少女這種扮相，可不大雅觀啊。最有把握的辦法，就是迅速撤退。於是我就撤退了。

然而，我在返回自己的牀鋪之前，又謹愼地估計了一下；如果這讓妮可兒頭腦裡保留由我給小神父製造的極佳印象，那我就是個十足的傻瓜了；我以他的名義贏得的這份榮譽，若白白送給那個討厭的傢伙，這會大大地傷害我的自尊心。我還有虛榮心！看官，您覺得好笑，對不對？我倒希望您設身處地想一想。假設您像我一樣是個情敵，特別愛報復；我敢打賭，您也會像我這樣自命不凡，也會像我這樣說：

「妮可兒，我的美人兒，看起來，您對我還算滿意吧！」

妮可兒聽了這話，準會明確告訴您，她簡直心花怒放。

「您沒有料到吧，」您會繼續說道，「你一直瞧不起的一個小鬼，居然還有這兩下子，對不對呀？你的確錯了，他不應受到您的那種待遇，現在您看到了，小的能頂得上大的。再會，我親愛的妮可兒。我名叫撒肚男，爲您效勞。」

說罷，您還要擁抱吻她一下，然後揚長而去，讓她獨自對您的恭維驚愕去吧。您走到房門口，打開門（鋼匙就插在鎖眼裡），就這樣回到自己房間，重又上牀躺下，安安穩穩地入睡。但願上帝保佑，您幹得能像我這樣俐落。

我這一連串的艷遇眞是奇而又奇，印象太鮮明了，我焦急地盼望快些亮天，以便瞭解這奇特夜晚的後果如何。小神父遭殃，我卻有艷福，心中好不得意。這事兒只有妮可兒小姐知道，但我相信她會守口如瓶的。誰也不會懷疑到我頭上，這樣，我事先就要在頭腦裡看一場好戲，欣賞那些夜戲演員裝出的一副副嘴臉。這場戲獨有我在一旁看熱鬧，因此我肯定會非常有趣。我心中暗道：本堂神父先生要哭喪著面孔，要大發脾氣，要打屁股……讓他打吧，反正不是打我的屁股，否則的話，我的運氣也就太糟了。弗朗刷絲一口惡氣未出，紅紅的眼睛會更加敏銳，更加明亮，她要挨個審視所有寄宿學生，從大孩子堆裡找出一個她解恨的人，當然不是報復地意外得到的淫樂，而是懲罰跟她女兒偷情的歡樂。她若是能認出我來，就算絕頂精明。妮可兒自然不敢露面。她若是露面，眼睛肯定紅紅的，滿面羞愧，要給我臉色看，也許她會向我作媚眼，誰說得準呢？她那人兒秀色可餐，難道我要裝作無情無義嗎？小神父也許讓人家給甩掉。哼！他那個傢伙，只能更加厚顏無恥。

我滿腦子縈繞著這類念頭，毫無睡意，直到晨曦的玫瑰手指打開東方之門，我還未闔上眼睛。然而我需要休息。睡意對我的思緒，似乎敬而遠之，一旦思緒停止，就立即前來光顧。直到日行中天，有人來叫我，費了好大勁才把我從沈睡中喚醒。托乃特守在我的牀腳，仿佛等我醒來；我睜開眼睛，一見是她，有什麼反應呢？我的臉刷地白了，又忽地紅了，渾身不寒而慄，心想這下完了，我的案情已發，夜晚我參與胡鬧的事已然暴露，要受到懲罰了。這個念頭重有千鈞，我的身子剛從牀上起來，又無力地倒下去了。

「唉，怎麼的，撒肚男，」托乃特問道，「你還病著嗎？」

我一聲不吭。

「鮑利卡神父大人要走了，」她繼續說道，「他本來要帶你走，看來只好把你丟下了。」

一聽說走，我的憂愁立刻煙消霧散。

「他要走啦！」我急忙對托乃特說道，「嘿，眞的，我的身體好極啦！」

說著，我就跳下牀，穿好衣裳，根本不容托乃特回過味來，注意我爲何在一瞬間轉憂爲喜。

我一心想著托乃特給我帶來的喜信兒，離開本堂神父那裡並不覺得遺憾。我甚至沒有考慮再也見不到素宗。鮑利卡神父正等著走，看見我非常高興。我默默地接受安普瓦的愛撫，接受托乃特的親吻，乃至眼淚。她流了不少淚，我也灑了幾滴。於是，我上了馬，坐在神父大人跟班的身後。別了，二老，別了，安普瓦和托乃特，在下告辭。我走了，我們一路行來，到了修道院。

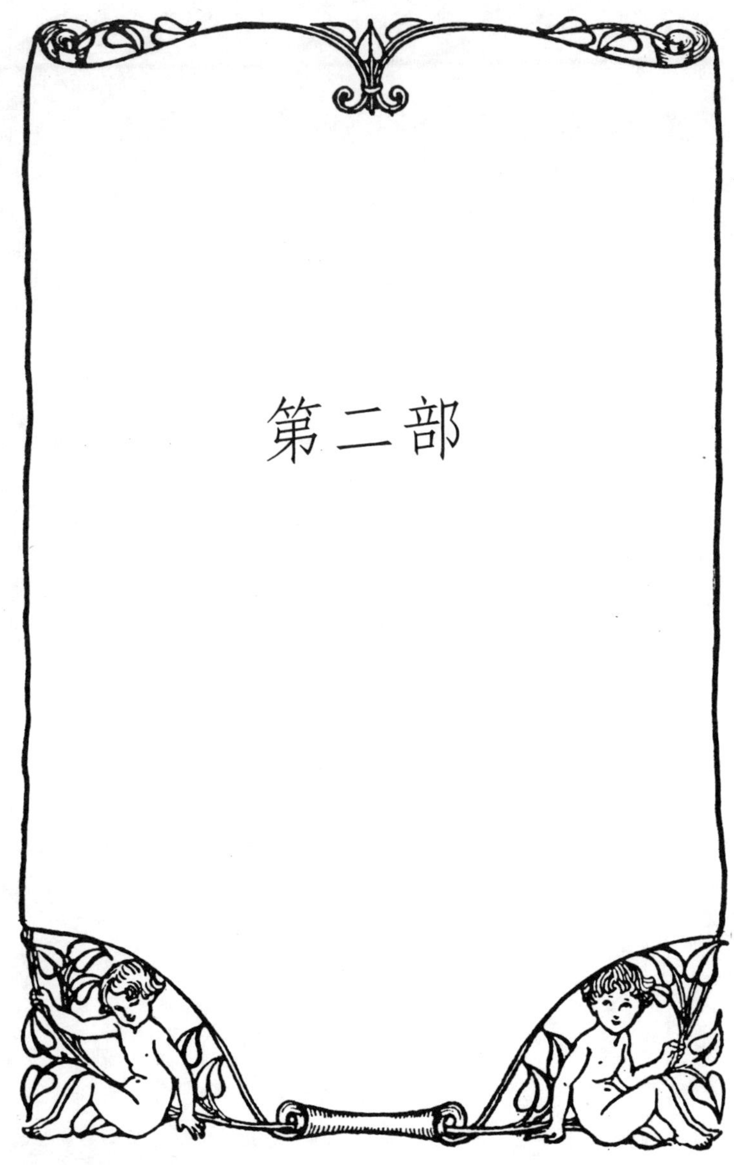

第二部

我開始新的生涯。要知道，由於信徒們的虔誠供奉，那些神聖的色鬼淫娃都養尊處優。我生來命定就是增加他們的數量，而我在這方面天份極高，入世剛通人道，就使這種天賦臻於完美。

坦率無需溢美之詞便可令人信服。不過，有些情況也的確超出通常的尺度。我要講述的事情便是如此。如果有人抱怨說，我的敍述欠妥，不怎麼逼眞，那麼我提請不要忘記，我這裡不是發揮想像，巧妙地進行安排，以騙取看官的輕信，而是原原本本地講述，須知逼眞並不總是事實的突出屬性。君不見神父修士打著宗教旗號，戴著使者面具，卻心懷異志，滿口戒律天條，而耽於酒色多行不義，他們確信只要不是公認的無賴，就必定是個正人君子，他們嘲笑芸芸衆生的輕信，總之，他們是些淫邪墮落的神父教士，難道我還擔心有人詫爲奇事嗎？其實何奇之有，這已司空見慣，不足爲奇。有人所見不同嗎？方濟各會的修士們、加爾默羅會的修士們，耶穌會的修士們，以及其他形形色色的修士們，他們每天每日的所做所爲，卻在證實我的說法。有人固然博識多聞，但畢竟還有不識不聞。

看官，恕我在此發表一點兒想法，這也是趁淫樂暫停之機，我能返身自省，以不偏不倚的眼光，看一看我們過的生活。應當說，這種看法似乎更加可靠，因爲講出這種看法的人，如從自身的利害考慮，最好是永遠緘口不道的。

那麼多人，無論智力還是心性都各不相同，是什麼理由足以使他們聚集修道院的大牆之內呢？懶惰、放蕩、卑怯、酗酒、欺騙、一貧如洗、名譽掃地，如此而已。

可憐的世人喲，你們竟然天眞地相信，是宗教吸引那麼多人退隱修行，但願你們能身臨其境，得窺個人奧祕！看到那裡傷風敗俗的種種祕事，你們會氣憤塡膺，要爲自己的輕信而臉紅，你們會明白要給他們應得的蔑視。我要掀掉遮住你們眼睛的蒙布。

您認識謝呂賓神父，那個聖徒滑稽可笑的臉紅赤赤的，一副豪飲的本色，您在他戴上黑布修士帽之前就認識他，請您告訴我，他是怎樣生活的呢？他不灌上八、九瓶美酒，是從來不肯睡覺的，往往到了天亮，他還趴在餐桌下面，埋在晚餐的肉骨殘渣中間。於是他出家修行了，上帝慈悲，給他以啓示，給他指出正道，於是他走上了正道。我不想追尋究竟是上天，還是他的債主顯示了這一奇蹟。不過要知道，直至今天，他仍然不會輸於酒中大仙。他大吃大喝，要吞掉修道院的收入，甚至要吞掉修道院、修士們、教堂、聖器室、大小銅鐘，以及魔鬼。這就是謝呂賓，這就是您曾認識的、如今依然故我的謝呂賓神父。

再說莫戴斯神父吧，您看到他在你們之間的那種神氣。多麼自命不凡，盛氣凌人，自從他束上神父的三股腰帶之後，他那性格改弦更張了嗎？您相信是這樣，而我瞭解他現在的情況，我敢向您斷言：他是穿上教袍的人中最傲慢無禮的傢伙。您聽他說話的那種口氣：布大魯在他面前，結結巴巴簡直說不出話來，他比所有神學大家都要敏銳，比聖托馬斯還要高明，他口若懸河，辯才無雙，而且善於領悟，論述透闢，能夠一針見血。在他自己看來，莫戴斯神父是隻鳳凰，而在您看來，他是個蠢物。在我看來，他還是個蠢物。

您看見保爾發神父那樣子了吧？那個老狐狸總是虔誠地垂著頭，忍辱負重的眼神垂向地面，彷佛邊走邊祈求上蒼，要結束他已不堪其重負的生活。您可要當心，他是條毒蛇，最善於鑽營：他溜到貴府上，眼睛覬覦尊夫人，將令郎打發走，悄悄接近令嬡。那個危險狡詐的淫棍，單等您出門他就進去；您拍拍腦門兒想一想，再檢查一下，尊夫人、令嬡、令郎全都上當，全被姦污了。

您也認識伊萊爾神父吧？千萬勒緊您錢袋的紮繩，跟您打交道的是最油猾的騙子。他先是好言勸慰一番，很快就要轉移話題，生動有力地向您描繪修道院生計多麼窘迫：可憐的神父們一無所有，他們吃的跟窮鬼一樣糟，睡的地方像狗窩，住房破爛不堪。這個可憐的伊萊爾神父！您能忍心看他在這種困苦的境地裡掙扎嗎？不能，於是您生了憐憫之心，打開您的錢袋，往外掏吧，伊萊爾神父，往外掏吧，您算找到了冤大頭，拿吧，巧取吧，豪奪吧，全拿走，多多益善，反正您是爲教會幹事。

我若是有興致，給所有修士畫一幅性格肖像，那麼要勾勒出多少面目可憎的人啊！換了裝束。難道就能改變癖好嗎？不能，酗酒的人仍然是醉鬼，偷兒仍然是竊賊，不要臉的仍然是無恥之徒，好色的仍然是淫棍。進而言之，穿上教袍之後，原來的嗜好則尤爲强烈；這種種欲望埋在心頭，榜樣使之萌發，懶惰使之煥然一新，機遇使之擴大倍增。有什麼辦法抵制嗎？那些各種各樣的獸類，不無鄙夷地爬行在地面上，以修士這一總稱呼爲人熟知，如果正確地判斷一下，就應當把他們看爲社會的公敵。在社會上若做個正派老實的人，就必須盡義務，他們做不到這一點，就逃避社會的束縛，躲進修道院，把那裡當作他們惡癖的避難所。

完全可以把他們的肉體比作天災，比作蝗蟲羣，比作蠻族的軍隊；蝗蟲羣鋪天蓋地而來，啃噬、掃蕩，一路經過，留下一片慘景；而野蠻人的部隊，從沼澤地區蜂擁而出，要吞沒整個歐洲。

那些修士相互憎恨，相互鄙視；然而，他們爲了共同的利益抱成一團。他們讓內戰搞得精疲力竭，只能從外戰中找些消遣。他們那隻部隊，外觀無比整齊，而內中極爲混亂。要選舉個統帥嗎？那就會出現多少派別，多少陰謀，多少詭計！有多少修士，就有多少統帥。他們吵吵嚷嚷，亂跑亂躍，一個個輕舉妄動，相互爭鬥，相互撕殺。然而，一旦要進犯人世，要劫掠信徒的錢袋，要搞些迷信的新名堂，那又會怎麼樣呢？他們就會萬衆一心，同仇敵愾，競相爲總的目的貢獻力量；他們服從上級的指揮，在他們的戰旗下列成陣隊，隨著一聲號令，紛紛登上講壇，祈禱，勸誡，說服並引導愚昧的生靈，讓信徒們盲目地受他們驅使，讓信徒們把他們的好惡作爲自己行爲的準繩。

這樣的讚美還嫌不夠，那我就再奉上幾行詩，幾行由常理啓示，由經驗證實的詩：

刺激貪婪，他們就要拋棄上天，
哪方神仙，能以混亂當作聖餐。
貪欲造神，造出的是跳樑小丑，

廟堂即毀，再無天神也無祭壇。

就我在安普瓦家時目睹神父們的所做所為，以及鮑利卡神父和托乃特的艷情，我認為出家修行是極美的事，穿上教袍，就能自由出入歡樂的聖堂，我的想像也充滿了美妙的幻景。我的想像自然不會停留在托乃特的懷抱裡，而是讓我大開眼界，我以修士身份所到之處，最可愛的女子要爭相贏得撒肚男神父的青睞，以脈脈溫情來迎合他的欲望，以最鮮明最甜美的情態償付他的雅意。不難想像，我處於這種思想狀態，便愉快地接受了修士教袍。修道院院長初見就特別愛我，對我像慈父一般，在我到達的次日就為我剃度了。

我跟著本堂神父學過拉丁文，名列初修班還蠻夠資格的；順便提一句，本堂神父的拉丁文卻相當可憐。別人誇我有這方面的素質。我怎麼樣呢，很好利用了嗎？唉，沒有！好的素質對我有什麼用呢？不過是當個看門人。平步青雲啊！

我此番寫作，既稱寫實，就必須向看官逐年敘述，直到神學班，要讓人看到我從初學修士到發願修行，最後成為尊敬的神父的過程。我有許多許多新鮮事要講述，然而最新鮮的事，莫過於我們感興趣的事情。不過，看著一個臭修士同所有修士爭論，又有什麼興趣可言呢？何況，那種拙劣的論證，精微的妙論，連我本人也未必明白，只是從然地拿常情常理去難爲人。因此，這些我就不贅述了。

然而我卻感到，這麼長一段經歷，我不能就一下子跨過去，總得講幾件小事。我在修道院混了幾年，完全打消了我初進時所抱的念頭。這段經驗不能說是愉快的，但是我明白了，如果說修士們可以尋歡作樂，那麼小修士卻沒有這種福份。我沒有得到志在必得的歡樂，一方面悔不該投身教門，另一方面又渴望爬到神父的地位，我的心總是在悔憾和企盼之間游移不定。我走在荊棘叢生的道路上，把當上神父視爲這種生涯的結束、另一種生涯的起始。我憧憬著時日由歡樂相連接的生涯，就情願受院長抬愛的哄騙。須知在修道院裡，別人藉口我是園丁的兒子，都竭力裝作看不起我，而眞正的原因是我的成績優異。院長倒覺得義不容辭，對我特別好，爲我報復別人的鄙視。

別人總指責我的出身，久而久之，我也憎惡安普瓦的家了。對我來說，托乃特成了禁果，這就意味我對她不乏美意，但是她周圍總有神父，怎麼可能讓一個初學修士接近呢？

還有一層原因，而且更爲明顯；我再也見不到素宗了，再也指望不上她了。我進入則助司定修會之後不久，我親愛的素宗就從丹維爾夫人府上消失了。誰也沒有告訴我有關她的一點消息。失去了她，我感到萬分痛苦。我愛她，有一種說不出來的感情，比我因稟性對她的愛戀更爲强烈。我生活在孤寂中，每每想到失去她，就更加柔腸百轉。舊地重遊，只能令我黯然神傷；曾幾何時，我們還是孩子，正是在那些地點，我無拘無束地向她談情說愛，我們兩顆童稚的心，已經初試了雲雨之情。如果說那些地點又能向我描繪出歡快的往事，然而不見給我歡樂的人，我轉而會更加傷心。這種思念喪失了對象；一襲上我的心頭，就成爲痛心的空念了。

有人會說，我成了一個無所事事，感懷身世的小伙子。可憐的小撒肚男，你終日幹什麼呢？唉！說起來慚愧，我擺弄自己的屌，它成了我的全部安慰，令我忘記憂煩和痛苦。

有一天，我撫弄得正上癮的時候，以爲躲到僻靜的地方，無人瞧見，就以手淫取樂，不料一個渾蛋修士在偷偷觀察我。那傢伙不是我的朋友，恰恰相反，是一個一直疏遠我的人。他突如其來，出現在我的面前，這一驚非同小可，我的手臂立刻垂下去，處於見不得人的姿態，暴露在他那惡毒的目光之下。我以爲這一下完了，他肯定要把我這醜事張揚出去；聽他一開口講話，我就明白他不會善罷甘休。

「哈！哈！撒肚男兄弟，」他合攏手掌，目光挑上空中，對我說道，「哈！撒肚男兄弟眞想不到，您會幹出這種事！您啊，可是修道院的榜樣，您啊，可是神學班的雄鷹，您啊，可……」

「嘿，見鬼！」我突然打斷他的話，「收起您這套挖苦人的讚美話吧！您看到我撫弄這玩意兒，不用說，您要拿這事兒，讓全修道院的人都開開心！好哇，屌樣的，」我幹脆又擺弄起來，繼續說道，「您就去嘲笑吧！把想開眼的人全帶來，我等著你們，一直等到我射第十次！」

「喂，撒肚男兄弟，」他依然鎭定自若地說道，「我對您說的話，完全是爲您好，您何必像個小流氓，以手淫取樂呢？我們這裡有許多初學修士，這是人的正當娛樂嘛。」

「看來，您入了那一班，」我答道。「好啦，安德烈神父（這是他的稱呼），我開始的不耐煩了，您的建議和您的讚揚一樣，我聽著都刺耳。別講了，走開，否則，我就對您……！」

這些話脫口而出，聲色俱厲；安德烈神父聽了，卻放下佯裝的嚴肅神態，哈哈大笑，並把手伸給我：

「好哇，」他對我說道，「擊掌和好吧！兄弟，我沒有想到，你是個又快活又隨和的人，只可惜落到這種地步，不得不自行取樂。看你這壯偉的陽物，完全應當得到更大的艷福。你就食用這沒有肉味的菜肴，時間已經夠長的了；我要讓你嚐嚐有實在肉味的東西。」

他這番話解除了我的敵對情緒，他的坦率也贏得我的坦率，我隨即向他伸出手去。

「像您這種態度，」我對他說道：「我就不能有所懷疑了，我接受您的建議。」

「那好，」他又說道，「一言為定，等到半夜時分，我到您的寢室去找您。請相信我，把您的褲鈕扣上，您的彈葯不要射小麻雀，留待今天夜裡大有用場。我就不多說了，現在分手吧！等我出去之後您再走，不要讓別人看見我們在一起，否則，可能會引起他們的議論。一會兒見。」

這位修士走後，我仍然驚訝不已。現在沒有心思手淫了，只想他的許諾，可是怎麼想像也弄不明白。他說請我開葷，讓我嚐嚐實在的肉味，究竟是什麼意思呢？如果是指哪個初學修士，眞的，那他可以留著自己受用，那可不是我的獵物。我就傻瓜一樣考慮這件事，我還沒有嚐過。看官，如果換了您，腦子要比我靈吧？您會說：不錯。那好，那塊肉，味道大概不會太糟吧？成見是個畜牲，應當放出去吃草。一個少年，就像一盤不對胃口的菜：偶然嚐一口，倒覺得味道很美。有什麼比一個搞同性戀的美少年更可愛呢？雪白的肌膚，寬寬的肩膀、修長的腰身，臀部又硬實又滾圓，屁股呈完美的橢圓形，屁溝又窄又緊，既無毛又乾淨，絕不像那些鬆軟裂開的陰戶，絕不像那些穿著靴子能踏進去的深淵！

我看見你了，動輒發火的審查官，你要指責我忽冷忽熱，我先前讚美陰戶，如今又頌揚屁溝。告訴你吧，天眞的大人，鄙人有此經驗，各有所好，各得其樂。一位女子送到面前，我的樂趣就是穿她的洞；如果來了一個美少年，難道要我拿腳踢他屁股嗎？不，傻瓜，不；要拿屌幹他屁股。請到希臘那些著名哲人辦的學校看看，請到我們時代最有教養的人辦的學校看看，您就能學會生活。唔，我們那位修士要來了。午夜的鐘聲已經敲響，有人輕輕敲我的房門，正是我等待的人。

「好，走吧，神父。我跟著，可是見鬼，您要帶我去哪兒啊？」

「去教堂。」

「您要拿我開心吧？向上帝禱告不是什麼時候都行嗎？今天夜裡，在下可不想同你們一起祈禱。幹什麼都分個時候。現在我要睡覺。」

「嗳，見鬼，您就跟我走吧！您沒看到，我這是登上管風琴台嗎？上來，我們到了。」

您能猜出我到管風琴台上看見什麼嗎？看見一張餐桌，極為豐盛，擺滿大魚大肉，堆滿酒瓶，十分悅目。

再看人，有三名修士，三名初學修士，還有一位十八、九歲的姑娘，在我眼中貌似天仙。我跟隨嚮導來到他們面前。卡西米神父是這個快活幫的頭兒，他對我以笑臉相迎，對我說道：

「撒肚男兄弟，歡迎您。安德烈神父（這是好意引見我的修士的名字）向我讚揚您，有他給說話，那就沒錯。他一定向您說過我們在這裡的生活方式，吃肉喝酒，尋歡作樂，這就是我們的營生。您覺得自己的愛好情趣，能同我們合拍嗎？」

「當然啦，」我答道，「尊敬的神父，您會看到，我到這個圈子裡來，還不是個無用之材。不是誇口，我會表現得跟別人一樣出色。我這樣講，」我轉向其他人，繼續說道，「絕不是貶低諸位的才能。」

「好啦，」卡西米神父又說道，「您這就算我們圈子裡的人了。先請坐，坐到這位可愛的姑娘和我之間。來，開瓶酒，為這位兄弟接風，為您的健康，乾杯！」

於是，我們舉杯暢飲。看官，在我們倒空一瓶瓶酒的時候，您無事可幹，這麼吧，您看這篇無聊的東西，或可解頤。

幹將們的神父

卡西米神父個頭兒不高，棕紅色的臉膛，有一個高級神職人員的肚子。當然不像拉封丹❽先生筆下的教皇圈子的神職人員，那些已被天主唾棄，一個個從不睡覺，面孔皮包骨，軀體枯瘦如柴；而是皇教圈子道地的高級神師，軀體圓滾滾的，肚子圓鼓鼓的，一看就知道終日肥吃足喝。他的目光能百步穿楊，百步開外就能穿透你的屁股，而眼神卻很兇狠，只有見到美少年才會變得柔和。那傢伙一見到美少年就發情，噭噭直叫。他那同性戀之癖根深蒂固，連法國東南部的山民薩瓦人都會望而怯步。不過，他倒不乏機敏靈變，善於誘使鳥雀入他的網羅。他有著述，具有時髦的精神。作爲審查官無比苛刻，身爲作者文筆枯澀，充當歌功頌德者則格調乏味，想幽默卻不灑脫，要諷喻卻無巧思。儘管如此，他出了幾本書，頗有點名氣。其實，他的著作的知名度，主要不是靠書本身的長處，而是靠他從別人書中挑出的謬論。他惡意評論一些書，引起那些作者不滿，給他吃了棍子；不過，他的小冊子能打嚮，吃棍子也心甘情願。應當指出，那些作者不該把怒火發洩到他頭上，那些諷刺雖然以他的名義發表，其實並非出自他的手筆。他手下有幾個捉刀的青年，給他供稿，他僅僅編纂一下而已。他見到有才能的青年，就精心培育，發給他們資料，審查他們的寫作，然後送出去印刷，摘取果實，雖說有時果實還相當苦澀。他並不因此而減少魄力，就好比吝嗇鬼打開錢箱，從人們的噓聲得到安慰那樣，他在公衆中所引起的對作者的嘲笑，能夠抹掉那些作者讓他私下流淌的眼淚。

他的文學創作並不妨害他內心的欲望，他挺有辦法，不出書房就能得到滿足，這辦法即是，利用那些人寫作，也利用那些人淫樂。自然不能白使喚他們，他把他的侄女交給他們受用；他這親愛的侄女也肯幫忙，情願替他親愛的叔父還債。修道院的看門人是卡西米神父的黨羽，這樣，道路就暢通無阻，酒、肉、女人，一切都能自由地進入。大擺夜筵，管風琴台是首選的地點，這也自有緣故，卡西米神父對我說，別人絕想不到我們會在教堂裡過夜；還有一層原因：我們這些人都愛做夜課，這一點衆所週知，可以封住那些愛說閒話人的嘴。

卡西米神父儘管精心經營，以便保住身邊的門生，可是總要失去一兩個。我不妨講講其中的緣故：回想受人之恩，有時非但不能產生感激之心，反而要做忘恩負義之徒。有的人師從卡西米神父，學會了使用匕首攻擊別人的本領，開了小差之後，就用這種本領對付師傅。其中一人就給師傅做了一首十四行詩，流傳久遠，同德巴羅那首著名的十四行詩並駕齊驅。

十四行詩

一天唐哈塞翁傲慢賽過公雞，
總覺陽物勃起比木柱還硬梆，
無奈裹上教袍離禪房出門去，
到臘度梅妓院去找一名花娘。

他一向只靠蒙哄欺騙行樂事，
認為幹五六下不過小事一樁，
這一回也只打算試試他火力，
從衣襟下把他的炮筒往外亮。

粉頭卻說請先收回去大傢伙，
要拿錢來多拿錢才能找快活，
這裡靠賣身如同宮裡靠封賞。

多討厭的挑戰書神父太驚愕，
身無分文也只好離開這窰姐，
回去幹了兩個小修士才舒暢。

找不到更好的結尾了。我扔掉畫筆，如果再加上幾筆，那就是畫蛇添足了。

（幹將們的神父到此結束）

插敍一段之後，言歸正傳。且說卡西米神父的侄女，是個棕髮的姑娘，長得嬌小，性情活潑歡快，乍見並不出色，但是越端詳越可愛。她的胸脯並不算很美，然而巧在打扮，倒顯得比標緻的酥胸更加秀色可餐。人小眼睛也小，可是黑黑的，燃燒著愛情的火焰。她那敏銳飛靈的目光在身上蕩來蕩去，彷彿若不經意，卻又顯出一副極爲嫻雅的媚態。她的嘴頗大，但是嘴角俏麗，而且笑口常開，本來以爲只是露出兩排皓齒，不意披露了曼妙的風采，由於隨便自然而尤顯可愛。她以其活潑，以其慧黠而招人喜歡。總而言之，有這樣的尤物相伴，眞是求之不得，共度良宵而不覺已到拂曉。

我在這位可愛的姑娘身旁剛一坐下，就覺得欲念蠢蠢萌動，好像從前偶然發現托乃特和鮑利卡神父的私情時，我所產生的那種感覺。由於長期不近女色，我身上可以說形成了第二天性，對如此鮮明、如此動人的姿色，反應特別靈敏。我重又開始生活，因爲我感到又要爲淫樂而活著了。我注視著身邊的姑娘，見她那副隨和的笑吟吟的模樣兒，便明白我的欲望要拖多久才能得到滿足，要看我是否爽快地表達出來。顯而易見，她躋於一羣修士之間，並不是想做晚禱課。不過，她要給予我的歡樂似乎太大，我簡直難以想像，因此，我激動得渾身微微顫抖，生怕這件美事飛跑，不大敢表達自己的意圖。我的大腿貼著她的大腿，我的手放在她的大腿上，忽然覺得她拉起我的手，從她的襯裙口送進去。我心知她的意願，立刻把手指探進她渴求的地方。摸到對我禁絕已久的部位，我喜不自勝。在座的人都看到這種情景，紛紛衝我嚷道：

「勇敢點，撒肚男兄弟！您到手啦！」

聽見大家樣喧鬧，如果不是瑪麗亞娜當即吻了我一下，我也許會犯傻，深感詫異。我們這位仙女名叫瑪麗亞娜，她吻了我一下，一隻手給我解開褲鈕，另一隻手臂則摟住我的脖子。她一把抓住我的陰莖，此刻它已勃起。

「嘿！神父們，」瑪麗亞娜興沖沖地對其他修士高聲說，同時把我的陰莖拉到桌子上，「你們都是小巫見大巫，哪個有這樣神氣的傢伙？」

我的傢伙是挺神氣，在桌子上挺起半尺長，引起滿座嘖嘖稱讚，每人都祝賀瑪麗亞娜，說她要大大快活一場。這時，卡西米神父讓大家肅靜。他誇獎侄女有如此巨大的收獲，又對我說道：

「撒肚男兄弟，瑪麗亞娜就由您支配了。如果您有眼不識金香玉，那麼我就要向您讚美一番；不過，我的讚美終究不如您這情欲所體現的頌揚。您會看到，她的肌膚無比滑潤，她的乳峯十分嬌小，卻十分硬挺，她的陰戶也佳妙無雙。她要向您提供各種難以想像的快樂。但是，要快樂就得有個條件，而這條件對您來說，並不比這些神父所遵從的條件更苛刻。」

「唔！」我的欲火升騰，回答他說：「什麼條件？要我給什麼，給我的血嗎？」

「不必。」

「那要什麼呢？」

「要您的屁溝。」

「我的屁溝？噯，見鬼，要我的屁溝幹什麼呀，神父？」

「哦，這是我的事兒了。」卡西米神父答道。

我急不可耐，恨不得立刻趴在瑪麗亞娜的身上，也就毫不猶豫地接受了神父的建議。說幹就幹，我隨即同我的美人交歡，神父那個老傢伙同我的屁股交歡。瑪麗亞娜躺在一把坐椅上，我趴到她的身上，神父則附著我的後背。儘管卡西米搞得我非常疼痛，但我以其人之道，還治其侄女之身，有苦有樂，足可自慰；叔父的傢伙撞破我的後門，我的傢伙更粗！要衝破侄女的前門。等到兩邊的門戶都已打通，前面就完全是一條鮮花盛開的道路了。有時，我在淫樂中迷醉，停了下來，但是卡西米很快又喚我的勇氣，激發我同他一樣勇猛向前。我們就這樣，你促我，我推你，我接受的叔父的衝擊，彷彿化爲回聲，在侄女的陰戶中震蕩並逐漸消逝。瑪麗亞娜時而靜止不動，時而如癡如狂，時而奄奄一息，時而重新活躍，忽而吻我，忽而推我，忽而咬我，忽而全身抽搐，緊緊摟住我：她的痙攣不但傳給我，還會在座的所有人詫爲奇事。我們早已把尊敬的卡西米遠遠拋在後面。

這場搏鬥如此激烈持久，雙方都流了許多血，連卡西米本人都深感意外，他也加入圍觀者的行列，帶著敬佩和激賞的神情，靜待戰鬥的結果。我有八年多未行雲雨，以爲久蓄的情欲和精力用於此刻，必定勢不可擋，詎料一個小小的瑪麗亞娜，竟敢對我頑强抵抗，我簡直怒不可遏。瑪麗亞娜呢，也同樣無名火起，在快活幫裡，她把最勇猛的敵手都戰落馬下，今天卻撞見一個對手：一名修士同她酣戰多時，鬥志卻毫不鬆懈。

精液和血相混，在我們大腿上流淌。我們越戰越勇，已經發射了四次，我發現瑪麗亞娜閉上眼睛，垂下頭，兩隻胳膊也垂下去，一動不動地等待我射第五次之後，就會饒過她了。沒有等待多久，她便迎來第五次射精，靜靜地品味了幾分鐘，接著掙脫我的摟抱，對我說她投降了，並爲我所取得的勝利而自豪。我操起一只大酒杯遞給她，給她斟滿了酒，也給我自己斟了一杯。我們二人碰杯，在酒中相互和解了。

戰鬥結果，大家重又各就各位。我仍坐到叔父和侄女中間，成爲他們兩人愛撫的對象：一個人把手放在我的屁股上，另一個則把手放在我的陽物上。大家恭維我們一番之後，談話逐漸走上正軌。卡西米首先提起色淫的話題。他維護色淫的行爲，如同一位溫存的父親保護愛子一樣。他掌握的材料翔實，論述得合情合理。從亞當到耶穌會修士，他列舉了所有著名的淫人，其中有哲學家、教皇、皇帝、大主教，提到每個人都讚美幾句，然後痛斥那些反對肉欲的人，說他們違背天理人情，無視所有最偉大的人、最偉大的天才都接受並從事的娛樂，繼而又談到所多瑪城❾的大災難，認爲有人出於嫉妒，歪曲了那次難忘的重大歷史事件。卡西米神父越談越高興，忽然詩興大發，最後以下面這十行詩，結束他對淫樂的頌揚：

搗蛋的審查官，免動尊口，
迷惑世上愚人，滿嘴胡謅，
但不要搜索歷史的長河；
而你們搖筆桿子的傢伙，
無知的小爬蟲，你們竟敢
玷污美事並歪曲其內涵。

所多瑪城中幸福的居民。
絕不是被地獄之火燒焚，
而是在天火神火中成仙。
所多瑪，可惜我生得太晚！

神父這篇演說，博得了應得的熱烈掌聲，這一點他深信不疑，談論他的助手十分喜愛的一個話題，肯定能受到他們的歡迎。接著，大家繼續作樂，幹屁股的幹屁股，幹陰門的幹陰門，吃的吃喝的喝，說的說笑的笑，末了大家分手時，都表示下週這一天再相聚；不可能天天大擺夜筵，因爲，通常是卡西米神父請客，他的收入不足以支付。瑪麗亞娜和我分手時，成了最親密的朋友了。然而不久，可憐的姑娘就發現，同我玩耍非常危險∴她的腰帶很快就不夠長了，大家都認爲這是我的功勞。本來，卡西米神父有妥善安排，活動都是祕密地進行，他讓他侄女冒的風險，自然應由他承擔。瑪麗亞娜也的確爲他爭臉，一切都很圓滿；不料她的肚子大起來，給夜筵的快活幫造成了混亂。我用卡西米給我的葯方，並步他的後塵，不久就讓我們所有初學修士的屁股恐懼了。然而持續時間不長，我重又犯了老毛病，還是喜歡男女淫樂，而對同性的屁股失去了興趣。

在我第一次做了大彌撒之後幾天，院長派人來請我吃飯。我應邀前去，院長和幾位元老接待我；熱烈地擁抱我，倒弄得我莫名其妙。大家入座，我們全是院長招待的客人，這就足以說明問題了。院長自然不會用劣酒招待我們，等到酒過三巡，談話熱鬧起來，我深爲詫異，竟然所聽到元老們隨口說出「窰子」、「嫖妓」等字眼，平時看見他們總是一副矜持的面孔，沒想到他們喝了酒，舌頭就靈活了。院長見我有些吃驚，便對我說：

「撒肚男兄弟，我們跟您在一起不要再拘束，因爲時候到了，您在我們面前不必再拘束了。是的，我的孩子，這種時刻到了，您已經榮獲教士的聖銜，有了這種資格，如今就可以和我們平起平坐了，同樣，我也有責任向您透露重大祕密。我們向您保密直到現在，須知告訴青年人是危險的，他們很可能把應當永遠埋葬的祕事洩露出去，甚至四處擴散。我正是要盡到這種責任，才邀請您到這裡來。」

這個開場白講得鄭重其事，我不由得洗耳恭聽，要瞭解院長究竟想對我說什麼。院長接著說道：

「相信您不是那種思想脆弱的人，一聽到淫樂一詞就驚慌失措；您完全瞭解自然天性，因此，明白性交行爲，對人來說，同飲食一樣自然。不錯，我們是修士，然而我們進入修道院的時候，並沒有割掉陰莖和睪丸。也怪我們修會的創建人太愚拙，也怪世人太殘忍，要禁絕我們如此自然的一種生理功能，這只能更加刺激我們的性欲。我們心中的欲火，是自然本身點燃的，怎麼能硬給撲滅呢？爲了引起信徒們的同情，難道要我們到大道和路口去擺弄我們的陽物嗎？爲了遵從他們的專斷思想，難道要我們終生在這烈焰中受罪，到人死火滅時方休嗎？不行，一方面身爲修士，必須簡樸，無欲無念，而另一方面，還有天生的弱點，在這兩者之間，我們要盡可能做到折衷。這種折衷則意味：我們在修道院之內，要完全滿足天性的需要，在修道院之外，極力顯示告修的生活。因此，在管理完善的修道院裡，總有一些女人，用來安慰我們從亞當繼承下來的色欲；在她們的懷抱裡，就能一時忘卻苦修的苦味。」

「您眞叫我吃驚，我尊敬的神父！」我對他說道。「這樣出色的管理辦法，爲什麼就不能擴大開來，用其明智把我們也管理起來呢？」

賓客哄堂大笑。院長見有這種反響，便回答我說：

「怎麼，我的孩子，您以爲我們比別人好欺騙嗎？不，我們是不會輕易上當的。要知道，我們這裡有個地點，謝天謝地，還不缺欲火的急救隊。」

「就在這裡　我的神父？」我又問道：「怎麼，您就不怕讓人發現嗎？」

「不，不怕，」院長答道，「不可能發現我們。那地方從來無人去，夾在圖書館和幾個舊的小教堂之間，靠花園一側又有高牆隔著，誰會搜索那個小死角呢？我們修道院範圍很大，誰也不可能注意那個地點，我們從哪方面看都是安全的。您在這裡住了九年，連想都沒想到那地方，外人一來怎麼就能發現呢？」

「啊！」我高聲說道，「什麼時候允許我同您一道去，儘量安慰那些可愛的修女呢？」

「她們並不缺少安慰，」院長含笑答道。「現在，您就有權給她們安慰了。正如我剛才對您講的，爲了更保險起見，我們只接納有切身利益在內，能夠保密的人，也就是有了教士頭銜的人。您現在進入圈子了，無論何時，想來就可以來。」

「想來就可以來？」我打斷他的話，「啊！我的神父，我這人可把話當眞，要您現在就履行諾言！」

「現在麼，還不行，」院長答道，「要等到今天晚上。到那時候，我們一些兄弟受欲望的驅使，就來到這裡，再由這裡讓人帶進我們的洗禮池，我們就是這樣稱呼修女的房間。通道的鑰匙只有兩把，不交給任何人，一把總掌握在管理儲藏室的神父手中，另一把始終由我保管。」

「還有哪，」院長繼續說道，「您聽說我們的洗禮池，臉上就流露出這樣驚訝的神情，還有一件您絕想不到的事，再若告訴您，撒肚男神父，您又會如何驚訝呢？您不是安普瓦的兒子。」

聽他這麼說，我果然目瞪口呆，一時說不出話來。

「不錯，」院長接著說道，「您既不是安普瓦的兒子，也不是托乃特生的。您的出身還要高貴，我們的洗禮池目睹您出世，我們的一位嬤嬤給了您生命。」

於是，他向我講述了我的身世；這一情況，您在這本《回憶錄》的開篇已然看到了。

「哦！」我驚愕的神情稍定，便對他說道，「神父，您告訴我的這一祕事，不管多麼令我驚訝，我都感到您無需多費唇舌，就能讓我確信無疑，是的，我心中的情感證實了我的出身，而一個園丁的兒子是不會有這種情感的。現在我知道了自己的出身，不過，我在儘情高興之前，請允許我抱怨一句：正是由於缺乏信任，才使我時常憎恨我的身份，而其實，這種身份是我的出身所決定的，如果我的生母還活著，爲什麼總剝奪我溫馨的安慰，不讓我擁抱我母親呢？難道您還擔心，怕我利用這一祕密嗎？從我切身利益考慮，不是無論如何也要保密嗎？」

「撒肚男神父，」院長聽了頗爲動容，對我說道，「您的責備是對的。不過您要相信，我們並不是缺乏溫情，才禁止您進入洗禮池的。我們對您的愛，在您身上一直有所體現；而長期以來，這種愛就一直同我嚴厲的院規相牴牾。但是，無論怎麼說，秩序還是必須維持的；今天到時候了，我們能讓您停止抱怨了。過不了幾個時辰，您就能如願以償，得到這種樂趣了，即使沒有早些得到，但是這一財富，您不是已經喪失，而是即將找到。」

「啊！」我高聲嘆道，「我多麼急不可耐，要投入她的懷抱啊！」

「不必心急，」院長又對我說道，「用不著熬多長時間了，只需等幾個小時，太陽已經偏西了，暮色逐漸降臨，還不等覺察，就要到時候了。我們一起在洗禮池吃晚飯，大家在那裡等您。您先到食堂露露面，再回到這裡來找我們。」

我這麼急於想進洗禮池，最迫切的動機還不是要見我的生母。可望同那麼多漂亮的女子聚會，同她們交歡，在她們的懷抱裡品嚐愛的各種美妙滋味，我中中頓時萌生無限的快感，簡直超出我的全部想像力。我暗自想道：夢寐以求的時刻，終於到來了。幸運的撒肚男啊，你還抱怨你的命運嗎！今天向你宣佈的美事，你在那種行業中能夠得到呢？如果從今往後，天天的時光都這麼快樂，那麼，在淒涼愁苦中度過的日子，你還會覺得遺憾嗎？

時間到了，我又回到院長這裡，看見已有五、六位修士，都是懷著和我同樣的動機來的。我們出發了，大家魚貫而行，歛聲屏息，一直走到古老的小教堂，這是洗禮池一側的護障。我們下到一個地窖，裡面沒有燈光，黑乎乎的很可怕，似乎特意這樣安排，好爲隨之而來的歡樂增添些情趣。我們扶著固定在牆壁上的繩索，穿過地窖，進入一條走廊。走廊裡有一盞燈照亮，院長用鑰匙打開走廊堵頭的門。我們通一條小曲廊，進入一間廳室，只見裡面陳設優雅，四周擺了幾張牀，顯然是爲情歡搏鬥預備的，餐桌上已擺好豐盛的菜肴，但是還空無一人。院長拉了拉鈴繩，不大工夫，一名老女廚應聲而至，後面跟隨六位嬤嬤，個個都嬌媚可愛。六位嬤嬤分別投入修士的懷抱，惟獨我一人在旁觀賞她們的激情，心中暗自納罕，她們爲何故意冷落一位新來的兄弟，明知道他想像會來同他放肆親熱和狎暱。不過，很快就輪到了新來的兄弟，而且還加倍補償。

無論在洗禮池這裡，還是在卡西米神父的夜筵上，誰也不遵循創建者的初衷；

不要粗茶淡飯，要美食精肉，菜肴既講究又豐盛。大家入座。一男配一女，緊挨在一起，大吃大喝，相互撫摩，又親又吻，而且信口開河，放肆的程度，比得上我們在管風琴台上的夜筵。

我沒有多大胃口，一心渴望認我的生母，說得直率些，一心渴望同席上一位修士鬥鬥劍術；別人向我開戰，向我進餐勸酒，我卻無心自衞，眼睛在搜尋那個同修士相交生育我的修女，可是看上去，個個都年輕美貌，容光照人，難以想像哪位能有生育我的恩情。

幾位修女不管怎樣忙於同神父調情，卻總有辦法不時向我拋來媚眼，那火熱的目光頻頻推翻我所能做出的猜測；我愚蠢地想像，我從天性上能對哪個女子產生尊敬和柔情，就能認出那是我母親，然而我這顆心，對她們卻一視同仁，我這陽物也不加區別，為她們每個人挺硬。

我迷惑不安的神情，在座的人見了都非常開心。等酒至半酣，食至半飽，便安排一段間歇，進行性交了。這時，我看見美人的眼中都噴射著欲火。由於我初來乍到，大家給我面子，讓我先上場跳舞。

「來吧，撒肚男神父，」院長對我說道，「我的朋友，你應當同身邊的佳麗兒嬷嬷一起，試試你的力量了。」

我同佳麗兒開始熟悉了，我們彼此已經交換火熱的親吻，她的手甚至還伸進了我的褲襠裡。儘管看上去，她是顯得最不年輕的一個，但是我覺得她相當有姿色，不必羨慕別人的艷福。佳麗兒是位金髮女郎，長得很富態，如果挑毛病的話；也只能說身體稍嫌豐滿。她的肌膚雪白，光艷照人，她的五官最爲佳妙，尤其那對藍眼睛，又大又狹長，此刻神色內歛，情意殷殷，但是又凝思交歡，光卻浮流跳躍。再看那結實而豐腴的胸脯，乳峯在胸衣裡挺突，輪廓渾圓勻稱，因情熱而急促地起伏悸動，誰的眼睛看上去都會流連忘返，誰的手摸上去都會燃起火焰。

院長的激言，並非迎合我的欲念，佳麗兒已然點起我的欲火，而且乳貼身挨，準備同我交歡。

「來吧，我的國王，」佳麗兒對我說道，「我要得到你的童貞，來吧，把你的童貞丟進你獲取生命的地方。」

這話令我凜然一驚。我進修道院以來，雖說道德沒有變得更爲高尚，但是畢竟懂得了，我和佳麗兒在一起，就不能幹我從前和托乃托幹的那種事。我正要衝下去，最後一點羞恥心忽然憬醒，已到懸崖，我猛地勒馬，又退下來了。

「噢！天哪！」佳麗兒起身說道，「他怎麼可能是我的兒子呢？他這樣一個儒夫，難道可能是我生的嗎？什麼，一聽說是他母親，他就害怕了嗎？」

「親愛的佳麗兒，」我邊擁邊對她說道，「您就滿足於我的愛吧。如果您不是我母親，我不會放過這種福運，一定會佔有您。我的意志一時薄弱，無法克服，還請您寬諒。」

這些人，不管心靈多麼墮落，多麼放蕩，可是，即使表面上的道德，也得到他們的尊敬。我的行爲在修士中受到普遍支持，他們承認不該安排這樣一件我意想不到的事。他們當中只有一個壞透了的傢伙，還極力說服我：

「可憐的傻瓜，」他對我說道，「這樣一種無所謂的舉動，你都害怕，頭腦也太簡單啦！咱們就講道理吧：你說說看，什麼叫性交呢？無非是一個男人和一個女人的交配。這種交配，或者是自然的，或者是爲天性所不容的應當說這是自然的，因爲兩性在內裡確實有一種不可遏制的傾向，相互吸引接近。如果說，在男人和女人的心中，這種傾向還是朦朦朧朧的，那麼，天性的本意讓男女一起滿足這種傾向，也同樣是模模糊糊的。要說證據，聖靈口述的書就講得很清楚。上帝對我們的祖先說：你們要生殖繁衍。那時候只有他們。上帝讓繁衍是什麼意思呢？要讓大地佈滿人，亞當獨自一人辦得到嗎？亞當生了女兒，他又同女兒睡覺。夏娃生了兒子；兒子也跟母親交媾，如同父親跟他們的姊妹寢合一樣；況且，只要有機會，兄弟姊妹之間也這樣幹。再往後看，到了洪水氾濫時期，世界上只剩下諾亞一家人了。他們著想重新在大地上繁衍人類，別無他法，只能是兄弟跟姊妹，兒子跟母親，女兒跟父親一起睡覺。再往後看，羅得[10]逃出多瑪城時，他的兩個女兒見母親因爲過分好奇而變成石像，眼前就總看到造物主的意圖，在內心痛苦哀嘆：『唉，人類恐怕要滅絕啦！』如果她們不竭盡全力，恢復爲天主所毀滅的東西，那麼她們就認爲在天主的眼裡是有罪的。羅得本人對這一眞理也深信不疑，他身體力行，做出了自己的貢獻。這就是初始純樸的天性。人服從天性的法則，把執行這些法則的責任，視爲自己的首要義務。然而不久，他們爲自己的情欲所腐蝕，忘記了這位溫情母親的意願，不肯留在她爲他們所安排的洞天福地，將一切推翻，炮製出他們稱爲道德與罪惡的幻想，杜撰出什麼法律；而有了法律，他們所謂的道德的數量非但沒有增加；他們所謂的罪惡的反而愈加擴大了。這種法律形成偏見，而偏見雖然爲明智的人所反對，卻爲愚者所接受，一代一代人傳下來，越來越根深蒂固了。那些放肆的立法者，就是要推翻自然的法則，重造自然賦予我們的心，就是要節制我們的性欲，規定種種限度。他們還主張，一個男人只能同一個女人享受愛的樂趣，而且必須在規定的手續和儀式之後，既然如此，他們就是要把每個人的情欲，限制在唯一的一個對象上，還讓人的情欲必須在規定的手續和儀式之後才能產生，並永遠保持原樣不變。他們這樣倒行逆施，是不能得逞的；在我們心中，天性始終反對他們的不公正。一言以蔽之，毫無區分的性交，是神的旨意，是天主親手刻出的箴言；而有區分的性交，則是人爲的規定。兩者高下，有天壤之別。聽從人的話而不遵循上帝的旨意，能夠沒有罪過嗎？當然不能。就說聖保羅吧，是天意的神聖使者，他完瞭解天職的廣泛性，因此他曾經說道：何必受欲望的煎熬，幹吧，幹我的孩子們吧。固然，他還稍微訂正一下他的思想，使用「你們結婚吧」這種字眼，以免刺激那些普通使者的脆弱神經；然而說到底還是一回事：結婚就是爲了性交。唔，此刻，若不是急不可待，想遵循聖保羅的建議，我還可進一步向你論述！」

神父這席趣談妙論，博得滿座的笑聲。這個淫棍已經站起身，手裡握著他那天生的利劍，威脅滿室的所有陰戶。

「等一等，」一位名叫瑪德瓏的修女說道，「我倒有個好主意，懲罰撒肚男。」

「什麼主意?」有人問道。

「就是讓他趴在牀上,」瑪德瓏答道,「再讓佳麗兒躺在他的背上,剛才講話像先知的這位神父,就來同佳麗兒交歡。」

聽到這種荒唐的想法,大家笑得更厲害了。我也哈哈大笑,說是同意這麼做,但有個條件:這位神父在我的背上雲雨的時候,我在下面就同倡議者交媾。

「好哇,」那修女又快活地說道,「這種情況難得,我同意。」

大家鼓起掌來,認爲這是奇思異想。我們四人各自擺好姿勢。想像一下,那是一種什麼景象!神父每衝擊一下,我母親就以三倍的力量回敬,結果,她的屁股落下來,砸在我的屁股下,就促使我往瑪德瓏的陰戶裡縱深發展。這種傳力的性交,好似打水漂兒一樣,令圍觀的人大爲開心。不過,我們幾個正全副精神頭用在交歡上,還沒有閒心跟著說笑。我若想報復瑪德瓏,可以說易如反掌,只要讓三個人的體重壓在她身上就行了,然而看她如此可愛,如此多情,又如此誠心誠意地同我交歡,我不但不忍這麼幹,而且還盡量減輕她的壓力。即使這樣,瑪德瓏還是顯得難負其重,不過,這主要是快感不斷增加所致;因爲,我已經比上面一對先感到射精的痛快,趴在她身上不動了;在我上面的佳麗兒感到這一點,屁股就急促地扭動,帶動我的屁股，起到了我已無力達到的作用，給瑪德瓏以新的快感的震蕩，促使她也射精了。上面一對事畢，同我們匯合，也進入的心醉神迷的狀態：四個身軀，此刻結合爲一體，我們銷魂迷醉，完全交融在一起。

我們大肆讚揚這種交歡的新方式，把其他的修士和修女的口水都引出來了。於是，他們都效法我們的榜樣，紛紛疊起，大幹起來，彷彿跳四組舞（這是我們爲這種姿勢所起的名字）。由此可見，最美好的事物，往往是在無意中發現的。

佳麗兒樂不可支，承認這一發現妙不可言，她所嚐到的歡樂，幾乎相當於她懷上我的那一次。自不待言，我跟別人一樣好奇，想瞭解事情的經過，就懇求她講一講。

「可以，」佳麗兒對我們說道，「考慮到撒肚男剛剛認識他母親，還不知道她的來歷，也不知道她怎麼會在這裡，我就更樂意談一談了。尊敬的神父，請允許我告訴他，還請你們允許我越過你們希望我提起的那一天，追溯更遠一些。我的朋友，」她朝我轉過身來，繼續說道，「你不能炫耀自己的祖先有許多名人，這一點我毫無所知。我的母親是這座修道院一個租椅子的女人，父親肯定是那時在這裡生活的一個神父；因爲，我母親非常活潑，非常喜愛修道院，我也就能意識到，我出世不會是她那老實厚道的丈夫的功勞。

「我長到十歲上，沒有違背我繼承的血統，在自我瞭解之前就通人道了。我總愛跟神父們在一起，他們也樂於培育我這種可喜的性情。一位年青修士給我上的課十分生動，十分感人，因此我認爲，如果不讓別人瞭解我也能給他們上課，那麼我就辜負他們的苦心了。我對他們都一一還了恩情，有一次他們又建議讓我去個地方，說是到了那裡就隨便了，我可以經常還帳。在這之前，我只能偷偷地進行，有時在祭壇後面，有時在前面的一個懺悔室裡，很少有到房間去的情況。我一聽說可以隨便，心下非常喜歡，立即接受他們的建議，跟著走進這裡。

「我初次進來的那天，他們著意給我打扮一番，就好像即將送上祭壇的一名少女。我抱著即將實現幸福的念頭，臉上一副莊嚴寧靜的神情。神父們見我那副樣子，都非常喜愛，人人都要向我表示敬意，而且競相爭奪頭一個向我表示敬意的光榮。我當時就看出，我的婚禮的盛筵要有拉庇泰人⓫盛筵那樣的結局。」

「『諸位尊敬的神父，』於是我對他們說道，『你們人數衆多唬不倒我，也許我的勇氣太大，過高地估計了自己的力量，最後我會垮掉。你們有二十位，雙方數量相差懸殊。我向你們提一個妥協方案：我們所有人都脫掉衣服，一絲不掛。』」

「說罷，我要給他們作出示範，自己先開始動手；長裙、上衣、襯裙、胸衣，一時間全脫了。我看見所有神父、所有修女也都同我一樣，一絲不掛了。二十個陽物，直挺挺的，又粗又長，像鐵棒一般堅硬，一個個精神抖擻，準備投入戰鬥，這景象眞是迷人心魄，令我一飽眼福。啊！如果我有同樣數目的陰戶，那我就同時接待它們！』」

「『好啦，』我又說道，『可以開始了。我就躺在這張牀上，大腿叉開，你們每人手裡各自手握著傢伙，挨個兒向我衝擊，看誰能破門而入。要用抽籤的辦法，決定前後秩序。拙笨失手的人也無需抱怨，在我這兒沒擊中，那邊還有陰門等候，可以由他們肆意發洩。先生們這就是我要向你們提出的建議。』」

「我別出心裁，想像奇特，博得衆人熱烈鼓掌。我要擲戒指，決定先後秩序；我一拋出去，大家便蜂擁爭奪。頭一個、第二個、第三個朝我衝過來，都沒有刺中。第四個衝上來，那正是您，院長神父。啊！我以無比的衝動酬謝您的靈活。如果說，在相互射精的快感中即可受孕，那麼，孕育撒肚男的這份榮名，您還要同隨後而上的四、五個人分享！不錯，我的朋友，」她轉身向我，繼續說道，「你比別人勝過一籌：他們能夠說出生日，卻不知道自己孕育的日子。」

這就是我們在洗禮池中的談話，這就是我們在那裡嚐到的歡樂。可以想見，到那裡尋歡作樂，我絕不會落後。每天夜晚，我都要去院長或者儲藏室管理員那裡。我不知疲倦，在快活幫中，總是我大出風頭，成爲洗禮池的靈魂主腦、至福至樂；所有人，甚至侍候我們的老媪，所有人都在那裡品嚐了我的陽物。

然而，在尋歡作樂，有時我也不免思忖：看我們這些修女，一個個都那麼樂天知命，可我卻難以想像，天性如此活潑放浪的女子，何以打算在這種隱居的地度過一生而不稍懼，何以在這裡生活而不厭惡，何以貪圖淫樂而寧肯終身爲奴。她們笑我少見多怪，更有甚者，她們反而無法想像，我怎麼可能產生這種念頭：

「你太不瞭解我們的稟性了，」有一天，一位修女對我說道，「人對歡樂，比對痛苦更敏感，難道不是非常自然的嗎？」

我同意她的說法。這位修女容貌出衆，但所受的教育結出惡果，養成放蕩的習性，她投入了修士們的懷抱。

「假如一天裡讓你犧牲一小時，受點痛苦，」她又說道，「但是向你保證，隨後一個鐘頭可以在極大的歡樂中度過，難道你不肯接受嗎？」

「哪裡，當然接受了。」我答應。

「那好，」她繼續說道，「假如不是一小時，而是一天；兩天當中，一天憂傷，一天歡樂。如果有人向你提出這樣建議，我相信你極爲明智，是不會拒絕的。我甚至敢說：最冷漠的人也不會拒絕；原因也極其自然：歡樂是人的所有行爲的第一動力。各人性格不同，歡樂也化爲千百種不同的名稱。女人和你們男人一樣，性格也千差萬別，不過，對她們來說，男女情歡勝過一切：她們最不經意的行爲、她們最爲嚴肅的思想，無不從這一源泉裡萌生的，而且儘管掩飾遮蓋，內裡也無不打上這一根源的烙印。天性賦予我們女人的情欲更爲强烈，因此比你們男人的情欲更難滿足，衝擊幾個回合，男人就垮下來，而女人卻越發興奮。假設男人能堅持六個回合，那麼女人戰到十二個回合也不會敗退。歡樂的意識，在女人身上比在男人身上，至少强烈一倍。如果說過一天快活的日子，就要付出一天憂傷的時光，你還覺得很滿意的話，那麼就付出雙倍的代價，你會覺得奇怪嗎？我的一生，三分之二的時間受苦，好能在歡樂中度過另外三分之一的壽命，難道你會感到意外嗎？我是在我們之間把事情扯平。看到我們一直沈迷於女人所追求的最大歡樂中，看到我們始終在你們的懷抱裡，說說看，你以爲我們還能考慮痛苦嗎？你以爲痛苦對我們還有什麼影響嗎？有些女孩子太不愼重，生來同其他女人一樣多情，可是眼睜睜看著命運把自己推進孤寂的深淵，永遠不能在男人的懷抱裡平緩自己的情欲。比起這類女子，你不覺得我們的命運要好上千倍萬倍嗎？噢！我們一這樣考慮，情欲就更加熾烈，難說沒有那一天，我們的欲望不會冷下來！你要問我，我們要不要回到塵世上去？我們沈迷的心靈，難道還有餘暇懷念塵世嗎？我們有什麼可遺憾的呢？自由嗎？自由，在受到最溫和的法令的妨礙時，也就算不上一種財富了。始終受到男人隨心所欲的控制，難道那算生活嗎？始終忍受不由自主的貞潔的熬煎，難道那算是生活嗎？一個少女春情似火，可是稍微表露出來，就會被要命的成見斥爲不要臉，如果她願與親暱，她的情人就要疏遠；如果她拒絕親暱；她的情人就會懊喪；如果她想炫耀一點風雅，想要點架子激發對方狂熱的愛情，那麼她的情人就會不辭而別。就是這樣，她被情愛所推動，又被規矩拖住，進退都有同樣可怕的暗礁；終日鬱鬱寡歡。她若是放情去愛，那麼稍一失愼就要壞了名聲，總覺得人言可畏，她的歡樂總攙雜著苦味。她若是小心做人，循規蹈矩，那麼只有嫁人才能得到幸福。然而，如果年復一年，時光流逝，她的容貌凋殘，還沒有嫁出去，那只好當一輩子處女，痛苦一輩子了。不過，我倒希望她有福氣嫁出去，有個丈夫，可是又麼樣呢？她就終生拴在一個男人身上。那唯一的男人恐怕都不能滿足她的五分情欲，還不知道是什麼鬼脾氣，也許會讓她天天受折磨，天天受罪。在這裡，我們用得著擔心類似的情況嗎？不用。我們擺脫了生活的憂慮，只享受生活的情趣。在男女情愛方面，我們只擷取歡樂的甜果，而把憂傷的苦果，留給那些以爲只能摘更爲高尚的愛果的女人。你們全體修士都是我們的情人，修道院對我們來說，就是皇帝的後宮，裡面天天增添新玩意，新玩意兒越多，我們的歡樂也就越大。我們要注意每天有什麼不同，那只能看每天向我們提供的歡樂有何差異。撒肚男神父啊，你若是以爲我們都非常不幸，那就大錯特錯啦！我們當中有一個人，來到這裡已經很久，可是在這裡度過多少時光，她連想都沒有想。這個幸福的凡女子是誰？我不讓你費神去猜測，告訴你吧，那就是我。」

這麼一個年青女郎，我以爲她只知道尋歡作樂，沒有想到她口若懸河，講得頭頭是道，闡述的思想如此中肯，思辯如此條分縷析，所做出的決定，竟基於如此充足的理由，如果不是我，換個別人，準會替社會可惜，認爲這樣一位女子，如果性情適於留在社會上，那會爲世人增添多少情趣。不過此刻，我一心只想抓住時機，享受送到我眼前的艷福，既然她花了工夫，向我證明她是爲男女的情歡而生的，那麼我就要以如火的情欲來彌補她這段時間。

男人天生不願追求長久的幸福。我也如此，惟吾心是從，完全耽於吾心更爲滿意的歡樂，結果，我變得情緒不安，變得喜歡凝思遐想了。不是誇口，我在性交方面，達到了亞歷山大皇帝在野心方面所達到的程度：我渴望同大地上所有女子性交，然後去尋覓一個新天地，可望那裡有新的陰戶。

半年來，我的聲望日隆；無可置疑，在我們淫樂的搏鬥中，總是我獨佔鰲頭。不料，我從最勇猛的鬥士，陡然變爲最怯弱的懦夫。淫樂久已成習，喪失了新鮮感，要想幹得漂亮些也不可能，我交歡時也跟別人一樣，需要用手幫助了；而且，我同我們那六位修女的關係，就像丈夫同老婆一樣了。精神不振很快影響到身體，人終日無精打采，性欲也隨之完全衰退了，喪失了我從前那樣盡情淫樂的能力。大家發覺我的變化，都紛紛責備我。然而，他們苦口婆心對我講的話。我全當成耳邊風，沒有在我心上留下一點痕迹。我不大去洗禮池了，除非院長百般溫柔相勸，我才肯去一趟。他讓我們所有修女合力治好我的病，她們就使出全身解數以圖成功，不但運用她們天生的全部魅力，還配合上最純熟的技巧所能啓發一個老粉頭的手段，以便呼喚被情欲的旋風捲走的一顆年輕的心。

幾位修女，有時排成一圈，把我圍在中間，向我展示一幅最爲淫蕩的圖景。一人軟綿綿地偎在牀上，若不經意地半露出胸口，露出修美的小腿，再看那晶瑩潔白的大腿，我就能肯定她那大腿間的去處無比美妙。另一位雙膝支起來，手臂張開；做出女人準備投入搏鬥的一種姿勢，她還頻頻嘆息，顯得情意纏綿又躁動不安，表明那欲火正在吞噬她。其他幾位修女，各自擺出不同的姿勢，胸膊袒露，襯裙撩起，以不同的方式搔著下身，同時發狂地扭動，她們又是喘息，又是驚嘆，表明她們所體味的快感，那無疑也是她們能使別人產生快感的明顯標誌。

有時，她們全都脫光，身上一絲不掛，以她們認爲能令我欣悅的各種角度，向我展示赤裸裸的性欲。其中一位，臉伏在沙發牀上，向我展現她下身的反面，她劈開大腿，一隻手從腹部下面伸過去，用手指摳她的下身，每動一下，都讓瞧見從前能引起我無比衝動的那個部位的裡面。另外一位，仰身躺在黑緞衾褥的牀上，雙腿叉開垂下，向我展示的那個部位，和前者是同一形象，然而卻一正一反。第三位更別出心裁，她讓我仰臥在地上，用兩把椅子把我夾住，然後她用兩腳和踏在一把椅子上，整個身子蹲下，這樣，她的陰戶正好垂直對著我的眼睛；她擺著這種姿勢，用陽物器自行淫樂。與此同時，另一位修女躺在我前面，正同我們最健壯的一名修士交歡，幹得非常起勁，他們二人都赤身裸體，所擺的姿勢，也能讓我看清他們性交的每個動作，既能瞧見修女的陰門，也能瞧見神父的陰莖；那陰莖就像古代攻城的羊頭撞錘，懸在城門上，猛烈地撞擊那修女的下身。總而言之，她們有時全體登台，有時陸續上場，讓我觀賞各種最爲淫蕩的形象。

還有幾次，她們讓我光著身子躺在長凳上，一位修女騎在我的脖子上，這樣，她那陰阜的毛便遮住我的下頦兒；另一位則騎在我的肚子上；第三位壓住我的大腿，想把我的陰莖塞進她的陰門裡；還有兩位站在我的兩側，讓我的手各撫摩一個下身；最後一位，即乳房最美的那位修女，靠著我的頭站著，她彎下腰，用她兩個乳峯按壓我的臉。她們個個一絲不掛，個個搔癢自淫，個個流出精液：我的雙手、我的大腿、我的肚子、我的脖頸、我的陰莖，全都流滿了精液，我沐浴在精液裡，然而，我自己的精液卻不肯出來匯流。最後這個儀式，美其名曰特殊審訊，也同前幾次一樣徒勞無益。大家認爲我這個人已不可救藥，只好任其自然了。

我正處於這樣狀況，有一天獨自在花園裡散步，思想我舛錯的命運，不料碰見西眉翁神父。此公城府很深，他在餐桌上，在爲維納斯的效力中，熬白了頭髮，他就像老涅斯托耳⑫那樣，目睹了修道院幾度變遷。他迎面朝我走來，深情地擁抱我，對我說道：

「我的孩子啊，看得出來，您非常痛苦。不過，這事您絲毫不必驚慌，我憑著自己的老經驗，通過長時間思考，終於發現一種辦法，能讓您恢復性欲，即標示一個出色修士的這種火熱的欲望。您的病痛很嚴重，重病就得下猛葯。大自然這位繼母賦予我們的力量，是有一定限度的。我承認，這位繼母把我們修士當作寵兒，可是，一個修士過分放蕩，也會產生一般男人稍微放蕩的那種惡果，正是放蕩造成您的病痛，也正是放蕩引起您的厭惡情緒。要想治好厭食症，只需美味佳肴；而要治您這種病，我想最好的葯方，莫過於一個女信徒。」

這位神父向我傳授這樣一種祕方，口氣竟然如此平靜，我不禁哈哈大笑。

「這有什麼可笑的？」他又說道，「我同您講這話是非常嚴肅的，絕不是什麼海外奇談。眞該死，看得出來，您還很年輕；您不瞭解那些信女，不知道她們擁有極爲可靠的辦法，能夠重新點燃熄滅的欲火。她們掌握這種技巧，能從性欲完全衰退的男人身上得到滿足，她們善於利用一切，我有親身體驗，同您說話是有根據的。不錯，我的孩子，我幹過不止一個信女。想當年，多麼快活，我用我的陽物打擊，那響聲在修道院的拱頂迴盪！唉，您現在成了什麼樣子啦？大家再也不提勇猛的西眉翁神父了，他現在完全成了一個乾巴老頭兒，他的脈管裡的血液凝結了，他的聲音發顫了，他的氣兒不夠用，雙腿也不聽使喚了，他的睪丸已然枯竭，他的陰莖也萎縮了，整個兒都死去啦！」

聽到尊敬的西眉翁發出奇特的感嘆，我眞要忍俊不禁，但是又怕惹他不快，勉强憋住，沒有笑出聲來。

「我的孩子啊，」他接著說道，「您現在還處於應當尋歡作樂的幸福年齡。要及時行樂。我是過來人了，不再是考慮這事的時候，現在，我應當思考更重要的問題，即如何長生不死。不過，有人像您這樣，需要向我求教，那我也不拒絕傳授。一個人到了只對自己有用處的時候，也就毫無用處了。我向您重複一遍：要讓您擺脫痲木不仁的狀態，唯一的辦法，就是給您規定特殊食譜，即求助於一位信女。要達到這一點，就得爭取到主持懺悔的自由。這後一點，可以包在我的身上，承蒙主教大人抬舉，我才敢說這種話；他對我的友誼，我所能派的最好用場，就是用來減輕您的病病。至於如何使用信女那一點，就完全取決於您了。」

我感謝西眉翁如此慷慨幫助，儘管心中還不大相信這種祕方的效驗，但我還是請他爲我費心辦理。他答應了我的請求。

「事情還不這麼簡單，」他繼續說道。「您在擔任這種職務之前，必須有個嚮導給您指路。我願意充當您的嚮導。這兒有條長凳，我們坐下吧，坐著說話舒服些。」

我們坐下來，神父咳嗽了好大一陣，差點兒背過氣去，然後，他又開口講道：「我的孩子，您不會不知道，取名爲懺悔的這種幸運的嗜好，還是我們祖先規定下來的。」我所說的祖先，就是指生活在久遠年代的那些神父和修士，要追溯到推行基督教的時期。我完全可以把基督教這個名稱送給他們，因爲他們給我們留下最好的遺產；這種遺產，神父們可以傳給他們的孩子，而收益也有保證：「那些輕信的民衆，始終虔誠的佃農們，總是按時繳納租稅，從來不拖欠。」

「我一直欽佩那些創建者，他們非常傑出，都是有遠見卓識的天才。在那種艱難的時代，神父是沒有財產的；窮苦的修士們飢腸轆轆，等待信徒們施捨，才能維持生計。只從確立了懺悔，整個兒就煥然一新；財富紛至沓來，流進我們腰包；時過不久，我們離開了窮鄉僻壤，遷到城市裡，同俗衆連成一片，在這神功架的庇蔭下，我們的財富只能越來越增加。要千遍萬遍地頌揚這種告罪方式的幸福發明者，多少世紀以來，上帝一直賜福給這種方式。阿門。」

「懺悔師這種差使有多美，就用不著我對你講了，您會親眼看到，指導人的意識，一定有收獲，絕不像耕種一塊不毛之地，只要善於洞察人的內心，洞察作用於人心的動力和强烈的感情。並把這些認識聯繫起來看，同時還要擺出一副虔誠的、一本正經的神態，故意轉動著眼珠，要十分謹慎，十分溫和，要多少體諒一點應當寬恕的天生的弱點。這樣，您就能得到衆生的祝福，受到女人的讚揚和愛戴。女人會崇拜您，她們前來通過您這位使者，哀求仁慈的上帝，然而在她們心目中，上帝還不如您。這樣鴻星高照的地位，您應當如何利用，就無需我對您講了，您自身的利益就會指引您。不過，我還要奉勸您一句：您見到那些老婦人，那些虔誠的老太婆，千萬不要心軟，要無情地詐取她們的錢財；因爲，她們來到您的神功架，主要不是求得同上帝的和解，而是要看看一位英俊的修士。我僅僅要求您放過那些有姿色的女子，我本人就是這麼做的，不過，我要她們以另一種方式償付。」

「比方說一名少女吧，她無錢送禮，可是，她可以奉獻出更爲寶貴的東西：她的貞操。手法必須十分巧妙，才能從她身上奪過這件可愛的珍寶。您要一心打那些年青信女的主意，按我的預見，只有她們才能治好您的病。不過您也要當心，希望盡快治癒固然很好，但不能操之過急。向一個久經情場的女人表達愛慕之情，還沒有什麼，然而，向一位青年女子表示傾慕，就要冒很大風險。一位成年婦女聽半句話，就能明白您的意思，在您的口向她表示您的欲望之前，她的心就先行迎上來了。一位少女情況則不同，她的春心還沒有戰勝所受教育的偏見，雖說戰勝一位少女更加困難，但是勝利的果實卻更加甜美。下面，讓我給您劃出要走的路線。」

「在所有女人身上，您都會發現一種天生的傾向，都要追求男女情歡。高超的技巧，就是善於控制這種傾向。有些女子，衣著非常樸素，一副清心寡欲的神態，走起路來穩穩當當，目光低垂，可是，這層灰燼卻覆蓋著暗火，只要有一股愛情之風吹拂，就會立刻燃燒起來。您就大膽地講吧，她們深信在這種交易中，準能得到各種溫存，足以安慰她們的失意，而且這種交易極爲隱祕，她們不會受人毀謗而壞了名聲，因此，她們只是軟弱無力地抵抗您的初次進攻。您再加緊攻擊；這樣，您就能穩操勝劵了。」

「還有一些女子，性欲比較魯鈍，不大好衝動，這就需要您多下功夫，隨機應變。同她們在一起，您要軟硬兼施，既像情人那樣愛撫，又像懺悔師那樣訓誡，講話要非常巧妙，煽起她們的天性，還要敏捷地探悉，她們在追求歡樂的學問方面所取得的進展，要不知不覺地掀起遮住她們眼睛的面紗，讓她們看到陌生的肉欲之樂，向她們揭示男女情愛的全部祕密，要給她們描繪這種歡樂的最鮮明、最歡快的畫面，從而刺激並引發她們的肉欲，要讓她們看到這種歡樂無比誘人的姿勢、最能引起她們的欲望的情景。」

「也許您要提出異議，要耍如此危險的手腕，很難取得成功。絕非如此，這裡關鍵的關鍵，就在於機靈。我同您一樣認爲，公開奉承她們的私欲是危險的，不管她們的心多麼附和您的道德，以何等令人信服的推理向她們自己說教。因爲，我們的第一感覺，總是迎合我們的心意，可是轉而一考慮，我們又回到理性上來。嚴厲的理性，只接受同樣嚴厲的處世格言。這種理性會使她們睜開眼睛，看看她們若聽你的話可能冒的風險。不過，也有許多辦法調和她們的心和她們的理性。您向她們描繪的歡樂，似乎效果適得其反，非但沒有使她們放情投入，倒促使她們規避了。這不要緊，您要强調肉欲享樂的一面，而其後果要輕描淡寫，一帶而過。既然您的話在她們的心中留下印象，那就讓理性徒然地反對吧，那些印象會始終佔主導地位，縈繞她們的心，令她們戀戀不捨，也想嚐嚐這種樂趣，但又怕失足，於是又回來找您。這就到了關鍵時刻：您要表示憐憫，安撫她們的弱點，同情理解她們。不要再有道德的說教，從上天方面安慰她們的心，從塵世方面打消她們的成見，讓她們相信順隨自己的情感，算不上什麼大罪過，一個溫柔的姑娘可以同她的情人相愛，只要這種私情埋葬在祕密的陰影裡，那就無足掛齒；相愛會使她們的容貌更加光艷照人，因而增添了新的魅力，反之，一朵鮮花天天在枯萎，長久藏而不露是非常危險的，讓人摘去倒是件十分美好的事情，所謂喪失這朵鮮花，純粹是一種臆想；況且，一個丈夫再怎麼機靈，即使有一雙嫉妒的眼睛，明察秋毫，也不會產生半點懷疑。」

「您還要婉轉地補充說明，有許多許多祕方，能防止姑娘最擔心的情況，您明白我指的是懷孕。這時，你就停下來，察顏觀色，您會看到她們的臉蛋兒燒紅，再看她們的眼睛，也是閃閃發光。您會發現她搖搖晃晃，頹然欲傾；這時，您就若不經意地把手放到她們的乳房上，輕輕地撫摩，輕輕把按壓，還向她們投去激情的目光，不久，您就會聽見她們發出嘆息，這是她們內心感情的忠實的傳遞者，看到這種情景，您要同她們一起嘆息，並且嘴對嘴吻一下，願意充當安慰者，親自為她們解除苦惱；她們既已傾吐了內心的感情，也就有了信任感，同一個瞭解她們感情上弱點的男人一起，表現出這種軟弱性來，也不會臉紅了，而且深知這個男子會以自身的弱點，安慰她們感情的缺憾。」

西眉翁神父這番話，說得我豁然開朗，浮想聯翩，攪起我心中情動的漣漪；起初我認爲這不過是笑談，聽完之後我幾乎信服了，不再懷疑這事的可能性。我比頭一次請求更爲熱切，一再催促神父爲我活動。果然，時過不久，我就通過他這條渠道，得到了我所要求的職位。

我眞急於升遷，成爲有罪的世人和仁慈的天父之間的調停者。我在頭腦裡描繪出，一幅美妙的圖景：想到我要聆聽一名靦覥的少女懺悔，該有多麼開心，也會看到她那春心萌動，渴望得到一點小小的滿足。我眞的蒞臨神功架，走馬上任了。

據說，一位哲匠巨子，也難免俗，早晨出門，頭一眼看見的人是個老太婆；他就急忙掉頭回家，關門閉戶，一整天不再出去。如果哲人的榜樣可以成爲我的標準，那麼，我也該立刻逃離神功架了。然而，我還是堅守崗位，鼓起勇氣，抵制一名老嫗懺悔給我帶來的巨大無聊。天緣湊巧，頭一個來向我懺悔的人，正是一個老太婆。

我只好耐著性子聽她絮絮叨叨，然後答以道德格言和恭維；那些道德格言極慰人心，恭維話也特別巧妙，老太婆聽了喜出望外，如果我們中間不是隔著鐵柵，她當場就會向我表示滿意的心情。不過，她爲了報答我，立誓永遠追隨，能頂得住考驗，任憑其他懺悔師如何引誘，也絕不會脫離我。我要把她的激情轉化爲我能得到的實惠，因爲我看她那樣子，知道她的家境頗爲富裕，當即把她列入西眉翁神父對我講的那類老太婆，心中暗道：好哇，可以拔毛。爲此，我要探一探虛實。

這個老太婆是個嘴閒不住的人，我稍微巧妙地問兩句，她就講開了家中的情況，先是痛罵負心的丈夫，說她丈夫把屬於她的財產移作他用，顯然這位老婦人說到了痛處；接著，她又痛罵那個渾蛋兒子，說兒子跟老子學壞，一個比一個混帳。提起女兒，她則讚不絕口，那女兒是她的全部安慰，虔誠得堪稱表率，純潔得猶如天使，終日深居閨房，遠離外界，不同人交往，只要出戶，就是去教堂；全部營生和全部樂趣，就是做女紅和祈禱。

「啊！我親愛的大姐，」我以答爾丟夫[13]的口吻，驚嘆道，「您看到自己在這樣一個女兒身上復生，該有多麼欣慰啊！請問，這個靈魂聖潔的姑娘，也到我們這教堂來嗎？我若是受她那榜樣的教育，該是多大的福氣啊！」

「您在這裡能天天見到她，」老太婆答道。「不管她多麼虔誠，她那容貌更加秀麗動人。不過，您是聖徒，在您面前，我能談論美貌嗎？您是鄙視這一點的。」

「噯！我親愛的大姐，」我又說道，「上帝的造物，應當讚賞其美，尤其有那麼多的潔操能彌補世俗的一面；而您能這麼不公正，不欣賞美嗎？」

我爲自己的好奇心耍了個花招，老太婆聽了越發興高采烈，她又向我描述她那聖潔女兒的形象。通過她描述的容貌，我不難猜出，正是那個按時來做彌撒的棕髮姑娘，相當風騷撩人。於是，我心中暗道：西眉翁神父，這正是我們所說的信女，要在她的身上下功夫，您的話可能在她的身上應驗。我們這是頭一次交談，我若是過於心急，馬上就讓她帶女兒來向我懺悔，那也許會把這位母親嚇跑了。這事兒還是留待第二次懺悔時再說吧；爲了爭取這個老太婆，我完全赦免了她的罪，無論是過去還是現在的罪過，統統赦免；如果她願意的話，連她將來的罪過都可以赦免，反正這是舉手之勞，不用花費我一文錢。不過。我還是勸她經常來，用聖水缸的聖水清爽頭腦。我初次上任，第一件事就這樣處理完畢。

我彷彿又聽見您叫起來：嘿，好傢伙，渾小子，您現在可走對了路，看來，您這病可望治好了。不錯，看官，我剛剛披上的神聖的外衣，開始起作用了。謝天謝地，聖寵眞是無邊！我這陽物又能挺起來，相信用不了多久會更加硬梆。

次日，我自然沒有錯過做彌撒，可以想像得出我是何用意。我看到了那個棕髮姑娘，她正在全心全意地祈禱上帝。我思忖道：那個可愛的姑娘，她就在這兒，這個全部美德的典範啊！嘖嘖這樣一塊鮮美的嫩肉，該有多麼痛快啊！給這樣一個妙人兒上男女情歡的第一課，又是多麼令人銷魂啊！萬歲！我痊癒啦，我的陽物勃起，猶如一名加爾默羅會修士！爲何不說像一名則肋司定會修士呢？難道他們不如別的修士嗎？眞的，我那信女在看我。她母親大概向她提過我吧？哎呀，趕緊收斂一看見她就燃起的欲火。我的眼珠由於欣悅而轉動，倒會給人以過分虔誠的印象。

我屬意於這位信女而勃起所產生的快感，是一種可靠的保證，令我確信一旦眞的交歡，我的快感是不言而喩的。我期待自己巧妙行事，能得到這種艷福，不料過了幾天，一次偶然的機會，我就如願以償了。

有一天我出門回到修道院的時候，看門的修士邊開門邊告訴我，一位小姐在會客室等我已有兩個小時，一定要同我談談。我急忙跑去。多麼出乎我的意料，原來是我的那位信女！我們一照面，她就撲上來，一下子跪到我的腳下。

「可憐可憐我吧，我的神父……」她對我說，同時淚如湧泉，一時哽咽，說不下去了。

「您這是怎麼啦，我親愛的孩子？」我問道，並急忙把她拉起來，「您把心裡話講出來吧，天主是仁慈的，他看到了您流的眼淚；您的眼淚有了效果，天主已經向您發慈悲了。向天主的使者敞開您的心吧。」

她想開口，可是哽咽得說不出話來，暈倒在我的懷抱裡了。事起突然，我不知如何是好，如果去找人救護，那就太愚蠢了。我已經走出去幾步，可是轉念一想，又回來了。我的心聲對我說：你要去哪兒？你到哪裡能找到這樣的好機會？於是，我走到我這信女的跟前，解開她胸衣的帶子，讓她露出胸脯。我從未見過這樣的美乳，我解開她的連衣裙和襯衣，眞以爲打開了天堂的大門！我目不轉睛，注視那兩個像大理石一般雪白挺突的大球。我無論怎樣撫摸，兩個乳峯都沒有反應，我連連親吻，又把我的臉蛋貼在乳峯上，繼而，我的嘴對著她的嘴，盡量溫暖她的氣息。

我猛然衝出去，連我自己都控制不住，跑到臨街的大門，弄出響聲，裝作開門把門關上，彷彿送人出去那樣，然後返身回來，抱住我這信女，百般地愛撫。忽然，我的心突突直跳，放開她，站在一旁，一邊端詳一邊渾身顫抖，突然，我吹滅燭火，又抱起我這可愛的信女。

愛神啊！我祈求道，幫助我吧！我抱著這個妙人兒回到寢室。神靈啊，這軀體多輕啊！我把她放到牀上，回頭把房門插上，重新點亮蠟燭，再次端詳我這獵物，但是，渾身也抖得更厲害了。我這麼折騰，她也沒有甦醒。我解開她衣裳，亮出她的整個胸脯，又掀起她的襯裙，掰開她的大腿。

一種甜美的感覺，還在同我的淫蕩念頭搏鬥，我停下來，又開始打量觀賞！多麼蕩人心魄的情景啊！愛神和美惠女神，都附在這冰肌玉體的各個部位。雪白、豐腴、挺實、光滑細膩，無處不曼妙修美，無處不秀色可餐。雪白中透出纖細的藍色脈管，越發顯示出細皮嫩肉；陰阜的黑毛比絲絨還柔軟，再看那鮮紅的陰戶，色彩深淺相宜，搭配得十分完美，眞不知這幅讓我入迷的美妙圖畫，究竟哪一種色調是主要的。阿佩萊斯⓮，你花費了十年工夫，收集希臘絕色美人的相貌速描，如果我這位信女讓你看見，你一定會畫下來，而你要用以代表的女神可能會嫉妒她。

只賞不玩，便有些厭膩了，於是我的嘴和手瘋狂地觸摸我看到的部位。然而，我剛一觸摸，我這可愛的信女便長出了一口氣，看看要甦醒了，這時，她把手放到我的手撫摩的部位。我還在吻她，我的嘴貼著她的嘴。我這信女想要掙脫，用力推我。她發現自己躺在一間臥室的牀上，十分驚慌，不安的眼神環顧四周，想弄清自己到了什麼地方；她想說話，可是舌頭不聽使喚。

我身上欲火燃燒，也同樣說不出話來，但是，我摟住她不放。她極力要從我的懷抱中掙扎出去，我則同她相持，把她掀翻；她發狂似的坐起來，撲向我的臉，又撕，又咬，又打，整個身子亂搖亂晃，她那激動的臉蛋流下了汗水。什麼也不能制止我，我的胸脯緊緊壓住她的胸脯，我的肚子緊緊壓住她的肚子，試圖以我的體重把她固定在我的身下，任她怎麼自衞雙手亂抓亂打，我則用手拼命掰開她的大腿。她固執地把腿夾得緊緊的，越惱怒力量越大，而我越激動力量越小，我不能制服她，不禁氣急敗壞，猛一發狠，把兩力合起來，便把她的大腿掰開，然後放出我的陽物；它一感到我解開短褲的鈕扣，就立刻躥出來，其迅疾之勢，猶如被繩子拉彎的一棵樹，一旦割斷繩子時就驟然彈起那樣；我把它湊近陰門，用力一送，便破門而入。

我的信女的怒氣，一下子就全消了。她緊緊地摟住我，頻頻吻我，繼而閉上眼睛，沈迷過去了。我也判若兩人，什麼也不能令我停下來，一直往裡推進，接近目標，達到目的地了；我觸碰到了洞底，便噴出一股火流。她又發射了，我們靜止不動，失去了知覺。我們的神智拋棄了我們的軀體，完全集中到由極大快感統攝的部位。

不久，我的可愛的情侶恢復了神智，但立刻以愛撫相邀，再度沈入剛才的狀態。她用雙手摟住我的脖子，深情地吻我，我睜開眼睛注視她。她的眼神有些朦朧，有些慌亂，有些閃避，她的陰戶裡發火，簡直成了一個火爐，令我的陰莖灼痛。

「噢！」她對我說道，「我快活得喘不上氣來！我要死啦！」

她的肢體挺直僵硬，屁股用了一下勁，我則用了兩下勁，於是，我們又射精了。

我們周而復始，重複不斷，直到天性拒絕作出反應，迫使我們緩和下來，因爲，天生的欲火還是太微弱。我乘此機會，跑到廚房，就說我身體不適，請廚師給我做點病號飯，以便補養身體的氣力。我回到寢室，看見我的美人一副哀愁漠漠的樣子，便百般愛撫，以消除她的愁緒，等到我們滿足了最急切的需要之後，再詢問她憂傷的原故。我們盡量舒舒服服地吃夜宵，但也盡量少出動靜，以免讓別人發現我這裡金屋藏嬌，就按本會的規矩，將我的寶貝充公，弄到洗禮池去。

我們二人已經疲憊不堪，只想休息而沒有精神說話。我們一吃完飯，就立刻上牀了；不過，我們剛脫掉衣裳，赤身露體，就根本談不上休息了。我的手去撫摩她的下身，這正是我所嚐過的樂趣的源泉和墳墓。她也伸手握住我的陰莖，讚賞它又粗又長，讚賞我的睾丸特別硬實。

「唔！」她對我說道，「現在我不奇怪了，爲什麼你有這種本事，能使我同我決意痛恨的歡樂和解了。」

我想，與其探問緣故，還不如再次讓她親身體驗，她絕不該作出這種決定。她同我擁抱的衝動勁頭，足以令我到了死神的懷抱裡也能夠復生。我們的臀部一起一伏，猶如風暴掀起的浪濤；我們的身體，彷彿兩根剛出爐的鋼棍。我們摟得緊而又緊，簡直喘不過氣來，就好像稍一鬆懈，我們的歡樂就要毀掉似的；牀舖也難以支撐我們的撼動，隨著我們的身體而搖晃，吱咯吱咯地響。我們這樣顛鸞倒鳳，不久便漸漸沈迷，進入了夢甜鄉，但是依然相疊，緊緊摟在一起，舌頭在對方的口中，陰莖在陰戶裡。

一覺醒來，天已大亮，我們還是原來的姿勢，身下濕了一大片，把衾單都淹了，連褥子都與我們同樂同歡，也許這是在睡夢中，我們還情不自禁地射精的緣故，也許是睡夢中，想像作用於我們的肉體，提煉了這種快活液，而且從其量也能看出來，體內之火該有多高溫度。

我們很快重又交歡。我已休息過來，精力恢復，可以想見，我幹得很漂亮，不失修士的風度。我不必講又進行了多少次，反正每次進去都毫不費難。我還是盡快談談是什麼緣故，這個信女投入了我的懷抱。

她那不安而憂傷的神情，我看在眼裡，就溫柔地求她說明，還請她相信，我不惜任何代價，也要治好她的痛苦。

「親愛的撒肚男，」她無精打采地望著我，對我說道，「等我向你承認，你並不是讓我嚐到愛情歡樂的第一個人，我就會喪失你的心吧？你要安慰我的心，就得排遣我的心難以控制的憂慮。正是這種憂慮，給我的臉蒙上一層哀愁的面紗，這我無能爲力，也未能向你掩飾。不錯，此刻縈繞我心頭的，僅僅是這種憂慮，而我不再憂慮我自己的命運了，既然我同你在一起。」

「妳怎麼敢懷疑，妳在我眼前展示的魅力呢？」我回答說。「妳若是懷疑自身魅力的效果，那就太不瞭解自己啦！眞的，妳的魅力激發我的熱情太强烈了，我不能不對妳這種擔心感到氣憤。妳也太不瞭解我啦！如果說，有一種偏見很可笑，硬要區分一個失身的姑娘和一個有待失身的姑娘，那麼，這種偏見絕不是我的標準。美人，難道因爲迷住過別的人，就喪失令我們傾倒的權利嗎？縱然妳同天下的男人都有過關係，難道妳就不是同一個人了嗎？難道妳就不是一個非常可愛的姑娘了嗎？難道妳在我的眼裡，就不那麼珍貴了嗎？妳給予別人的快樂，難道改變了妳剛剛給我的快樂那種强烈程度嗎？」

「你打消了我的憂慮，」她回答我說，「改變了我的命運。現在，我不再為難；可以告訴你我的不幸遭遇了。」

修女莫妮克的故事續篇

我的不幸，根源在於我的心，在於我的性情愛好。我天生下來就有一種難以克服的癖好，追求歡樂；情愛是我的中心，是我的神靈，我爲愛情而生，爲愛情而活在世上，然而，我母親既不公平，又冷酷無情，在她的想像中，我就應該順從她的意志，出家當修女。我太膽小，不敢表明自己的情趣，不敢同她那絕對的命令抗衡，只是以淚洗面，但是眼淚不足以感動我母親，我不得不進入修道院，當了初學修女。我身在修道院，如陷囹圄，終生不得見天日，終生得不到我的唯一財寶，我又恐懼又絕望，抑鬱成疾，大病一場。如果不是我母親看到我痛不欲生的慘狀，終於動心，責備了自己心腸太狠，那麼，我就可能一命嗚呼，結束我的苦痛。」

「要知道，我母親本人就寄宿在修道院裡，因此希望我穿上修女的道袍。她沒有扣問自己的內心，就作出退隱的打算，進入了修道院，可是認眞思考之後，她又離開了。女人，再怎麼節操自守，也不會放棄歡樂，也不會眼見自己容顏衰老而不傷心；這是天生的情感，她們可以極力掩飾，但是永遠也不可能從她們的內心消除。我母親從她稟性所產生的强烈情感，判斷出我的稟性也會具有同樣强烈的情感，於是同意把我放出牢房。不久，她重新在社會上拋頭露面，那行止無異於一個喪夫的孀婦，極容易在第五婚的丈夫懷抱裡得到安慰。」

「我瞭解我母親的天性，由此作出明智的判斷，我若是同她爭風吃醋，是很危險的。我可以毫不誇口地說，一個情人見到我們母女二人，如果選擇其中一個，他是不會猶豫的。對於我的這種優勢，我深信不疑，同時也深爲恐懼。我明白男女情歡，雖然在極爲祕密的情況下品嚐，但仍不失其激烈狂熱，仍不失其蕩人魂魄，我即使深居閨房，足不出戶，也能像進入社交圈子那樣，很容易地得到這種歡樂。從那之後，我無論想什麼，無論做什麼，都遵循這種隱祕的原則；時過不久，我就贏得好名聲，被人看成是首屈一指的信女。我暗自高興這種策略如此順利地進展，一心想以我這虔誠而貞潔的美名爲掩護，和人暗通，結爲情好。」

「可是，有一個青年男子，似乎對我的名聲不以爲然，從前有一回，他在修道院會客室，隔著鐵柵看見我，還因此惹起了一場風波……」

聽到此處，我打斷這位信女的話，因爲，我想起了從前素宗向我敍述的修女莫妮克的事，說她如何憎恨修道院，如何熱烈追求情歡，還向我描述了她跟魏爾蘭勾搭搭的場景、她母親的性格，以及她在修道院所過的日子。我拿素宗向我描繪的那位修女的容貌，來同我眼前這個妙人兒相比較。我還走得更遠，我又想起素宗對我說過，那位修女的陰蒂偏長。我希望在我這妙人兒身上找出這最後一個標誌，從而證實我的懷疑，於是讓她趴在牀上，仔細檢查她的陰戶，須知我們相見以來，我的欲火熾烈，尚無餘裕檢查。果然不錯，我找到了這一特徵：她這朱紅色的小陰蒂，要比一般女子的長些，處於這個美妙的部位，似乎特意爲了增添這個部所給予的樂趣。

我不再懷疑她是誰了，於是又衝動起來，熱烈擁抱她：

「親愛的莫妮克，」我對她說道，「可愛的小修女，我的福運給我打發來的，難道就是妳嗎？」

她掙開我的手臂，又不安又吃驚地凝視我，趕緊追問，究竟誰能把她在修道院所用的名字告訴我。

「是一位姑娘，」我答道，「我因爲失去她，流了不少眼淚，而且妳的祕密，也絲毫沒有對她隱瞞。」

「哦！」莫妮克高聲說道，「從你說的人來看，我想必是素宗，是她把我的祕密洩露出去啦！」

「不錯，正是她，」我答道。「不過，這一祕密，除了我之外，她沒有向任何人洩露；我再向妳說明一點，以便請妳多多原諒她：我那姐姐之所以向我透露祕密，也完全是我百般糾纏的結果。」

「什麼？」莫妮克又說道，「你是素宗的兄弟？唔！我不再怪她了，非但不能怪她，還必須爲她辯護，阻止你反倒可能要對她發的牢騷。因爲，她並沒有向我隱瞞她和你之間發生的事兒。」

說到這裡，我們倆又感嘆了一回可憐的素宗的命運，繼而言歸正傳，莫妮克修女接著敍述她的經歷。

「既然素宗全對你講了，向你敍述了我同魏爾蘭的豔遇，那麼，你大概會猜到，此刻我要向你談的正是他。我的變化，大大出乎他的意料，當初他隔著鐵柵看見我的樣子，是那麼活潑熱情，那麼喜歡賣弄風騷，事過好幾年，他也未能把我忘懷。他又來見我，正是我虔誠的名聲大振的時候。百聞不如一見，他要親眼看看我的所謂變化。他在教堂裡見到我，此後他就準時追隨我到教堂，本來這是愛情的作用，但他起初認爲僅僅是一種好奇的舉動。

我儘管假裝虔誠，但還是禁不住好奇，偷偷地窺視周圍。我發現他了。看到一個男子，一個從前目睹我行爲輕浮的見證人，我不由得滿面羞紅，而且，我又不能向他掩飾我還要重犯同樣錯誤的內心傾向，臉也就紅得更厲害了。隨著年齡的增長，他顯得穩重了，但他那俊美的儀容則更有男子氣，更加叫人動心了。他出現在我面前，重新點燃我的情欲之火。情欲天天把我拖到同一地點，天天我都看見他同樣目不轉睛地注視我，眼神同樣那麼情意殷殷。我第一次見到他的時候，極力控制自己，不讓目光流瀉自己的情感；然而他緊追不捨，天天相見，終於衝破我的防線，我再也控制不住自己，再難向他掩飾我的內心所感所動，我的眼神也同樣讓他感到，我對他是多麼不滿，怪他遲遲不親口告訴我，他的內心是什麼感覺。他明白了我的心思，於是有一天，他有所行動了。當時，我心中十分氣惱，自己頻送秋波卻毫無結果，正準備離開教堂，他卻隨後跟來，走到一處拐彎時，他趁這裡幽暗無人，便乘機上前搭話，怯生生地對我說道：

『可愛的莫妮克，一個男子，第一次有幸見您，就惹您生氣而如此，他又來到您面前，還會冒同樣危險嗎？啊！如果說，您看到我痛心疾首的樣子，就會忘記我的過錯的話，那麼，您這次見到我，就不會感到氣憤啦！』

他說話的聲音顫抖，令我可憐，於是我回答他說，一個文雅的男子，當然能使人忘卻他年少時的輕薄之舉。

『您還不了解我的全部過錯。』他又說道。『您寬宏大量，剛剛饒恕我的一樁罪過。現在，我更加需要您這種寬宏的態度，因爲，我知錯不改，又冒犯了您。』

說完這番話，他就住口了。儘管我心裡明白他的意思，但是我嘴上卻答道，我不瞭解他新的冒犯是指什麼。

『就是崇拜您。』他答道，同時吻了吻我的手，而我卻無力把手抽回來。

我沈默不語，從而表明這一新的罪過亦非不可饒恕；但是我怕頭一次重逢，就過多流露出自己的感情，因此急忙離開他，而心中喜不自勝，覺得他這愛情的表示，恰恰迎合我的心願。

我深信，魏爾蘭若是有誠意，就不難找到機會，向我作出新的保證。他洞悉了我隱修的動機，怕打擾我的清靜，惹我反感，也就沒有强行糾纏。他笑呵呵地放我走了；我走出幾步，聽見身後連聲嘆息，而我在心中，也以同樣的嘆息相呼應。

我怎麼對你說呢？第二次見面，我們互訴傾慕之情，他請求允許他正式求婚，要我母親同意把我嫁給他，我也答應了他的請求。不料，我母親卻拒絕了；她這一橫加阻隔，就更激發我的愛情。我痛苦萬分，魏爾蘭也受了極大的打擊。我們一著不愼，竟然喪失了全部希望。更有甚者，我母親還成了我的情敵，她自己暴露了眞情，提起魏爾蘭，總是讚不絕口。我又不得不維持信女的身分，不好追問我母親，她既然認爲這個人如此完美，又爲何拒絕他的求婚呢？

我的境況實在可悲，裝作虔信又違心，追求愛情又不得，成了雙重的受害者，有苦難言，只能往肚子裡嚥，臉上還要不動聲色，裝出若無其事的樣子，這樣就更苦不堪言了。到了不堪忍受的程度，我惱火極了，恨我母親，也恨我自己，我爲了愛情，什麼都能幹得出來了。

別人沒有懷疑我同魏爾蘭私會，而我每天都同他見面，我沒有他活不了，他沒有我也活不成。你能以爲我有足夠的自控能力，一直拒絕他的請求，而且根本不顧我全部欲望的目的，一直拒絕能讓我母親恢復理智的唯一辦法嗎？其實，我被情郎的眼淚所感動，被我自己的愛情所催逼，也被我自己的傾向所擊垮，我終於接受了他和我私奔的建議。我們商議好私奔的日期、時間和辦法。

我的愛情十分强烈，只容我把目光集中在我要同情人所享受的歡樂上。只要同他在一起，哪怕是最險惡的石穴，在我看來也是福地、洞天。私奔的日子到了，我準備投入他的懷抱，正要出走，卻被一隻無形的手給按住了。我的熾烈愛情，給通往懸崖的道路插滿鮮花，我走到懸崖邊上，準備跳下去，目光不由得探測幽深的淵底，忽然嚇住了。我退回來，自己就有這麼點勇氣，我又詫異，又感到臉紅。我想戰勝自己的膽怯，想扼制我的理性，反讓理性佔了上風。

我退縮了，又回到房中，淚湧如泉，痛哭一通。我恨自己太怯懦，試圖鼓起勇氣，再做一番努力，然而一要行動就膽顫心驚。我的靈魂處於頹喪的狀態，根本無法同昨天的感覺相比。我這樣游移不決，時間卻一分一秒地過去，必須做出抉擇。究竟怎麼辦呢？唉！我只顧痛苦絕望，昏頭昏腦，根本不可能放開思路考慮。這時，我的心頭一亮，豁然開朗，情緒隨即完全鎮定下來。我有了主意，既能同我的情郎相親相愛，又能徹底報復我的母親。唉！我何必這樣謹愼小心嗎？只能墮入我害怕跌進的深淵。也許，到了一片陌生的土地上，我會更加幸福！在那裡，我就完全屬於我自己，只以我的心爲嚮導，只以我對丈夫的愛情爲準則，而我丈夫也同樣熱戀我，我再也沒有任何束縛，再也不充當奴隸，去服從那些毀掉我的表面文章！眞的，我怎麼能會弄錯呢？到了那陌生的氣候中，我的胸口裡還是原來這顆心，對愛情還是原來這樣癡狂，使我陷入情網的還是原來這種性情。

我給魏爾蘭發了我們規定的信號，告訴他我不能照計行事。我要等下次見面，再告訴他是什麼緣故。我們要一直等到第二天才能相見。相會的地點仍然是教堂。他走到我面前，一句話也說不出來，但是，他內心的全部感覺，都表現在他的臉上。我見了他那副神態，心裡便發慌了。

『您還愛我嗎？』我問道。

『還要問我是否愛您？』他反問道，由於萬分痛苦，情緒衝動，就再也講不下去了。

『魏爾蘭，』我又說道，『我親愛的魏爾蘭，我從您的眼神看到了痛苦，爲此，我的心都碎了。怪我吧，抱怨我缺乏勇氣吧，如果不是我在絕望中，想出一個保持我們關係的辦法，那麼，我們熾熱的愛情就要永遠化爲泡影。當我問您，是否您還愛我的時候，我並不是懷疑您的愛，而是擔心您不肯給我這個保證，這個唯一能令我放心的保證……您住口，』我見他想要說話，便制止道，『您是想責備我，然而，您對我的責備只能是不公正的。我再向您重複一遍，我並不懷疑您的愛，您也不要懷疑我的愛。可是，唉！這個狠心的母親就是拒絕我們的請求，我們的愛情不能如願，愛情的火焰徒然地燃燒，於我們又有什麼益處呢？魏爾蘭啊！您沒看見我滿臉通紅嗎？這不是向您透露我打算使用的辦法嗎？』

『親愛的莫妮克，』他對我說道，同時拉起我的手臂，緊緊貼在他的嘴上，『我多少次向妳提議，都毫無效果，難道妳的愛終於讓妳感到這事兒的必要性嗎？』

『是的，』我答道，『您的愛再也不會向我發怨言了，到了這種時候，我再無力向您掩我的情欲了，是的，我的情欲已經達到了頂點。其實，我只期待您親口講一句話，我們就能如願以償。』

『說吧，』他急忙打斷我的話。『究竟要我說什麼？』

『答應娶我母親。』我答道。

這一驚非同小可，他立時說不出話來，直愣愣地看著我。

『娶令堂大人？』他終於開口說道，『莫妮克，您這是想讓我幹什麼？』

『這件事，』我答道，見他這麼詫異，心裡很惱火，『這件事，我對您講出來，內心不知有多麼痛苦。這個建議，害得我流了多少眼淚，可是卻受到您的冷遇，從而可以看出，我應當如何考慮您的愛，您的冷淡態度向我表明，您配不上我這種深摯的愛情。天啊！對於一個怯懦的男子，一個不配我的愛的人，我怎麼能產生這種感情呢？』

『莫妮克，』他又憂傷地說道，『我親愛的莫妮克，請可憐可憐妳的情人。妳要把他逼到什麼地步啊？』

『沒心肝的！』我回答道。『爲了欺騙一個野蠻的母親，爲了方便我投入你的懷抱，爲了持續不斷地享受同你見面的樂趣，爲了時刻接受你的愛撫，我犧牲掉我的榮譽，也爲你的幸福捨棄我最寶貴的東西，根本不考慮嫉妒的狂怒，還要扼制我心中的內疚，要知道，漫說眼看你投入我的情敵的懷抱，哪管想一想我也切齒痛恨，可是我敢說，我能夠克服這種痛恨的情緒，這一切我都能做到，然而你，你卻只會發抖！難道你的勇氣不如我嗎？不是，你是沒有這樣深厚的愛。』

『好啦，』於是他對我說道，『我算服了妳了。我這樣猶豫不決，實在慚愧；像我們這樣充滿火熱愛情的心，絕沒有什麼內疚悔恨的位置。』

看到他有這種勇氣，我喜出望外，僅僅是由於我們在公共場所，怕被人撞見，我才硬著心腸，要一直等到他舉行婚禮那天，才肯以實際行動向他表示謝忱。如果不是我母親同我一樣，也急不可待的話，也許我沒有勇氣等到那一天。魏爾蘭向我母親求婚了。她以爲完全是她的魅力征服了一顆心，樂不可支，急於要摘取果實。

詎料，果實是爲我預備的。

舉行婚禮了。我興高采烈，從而贏得我母親的百般愛撫，我回報的親暱就不大由衷了。魏爾蘭來了，他眞是儀表堂堂，英俊極了，一舉一動新添了無限的魅力；他微微一笑，就叫我心醉神迷，他最若不經意的話，也令我激動萬分；我幾乎控制不住自己，要被情欲拉進他的懷抱。在喧鬧而混亂的場面中，他設法湊過來，對我說道：

『爲了愛情，該做的我全做了。妳就什麼也不爲我做嗎？』

我給他使個眼色，算作回答，隨即走出大廳，魏爾蘭也隨後溜出來；環境很有利，沒人留意我們溜走。我回到閨房，他也跟進來。我撲到牀上，他就撲到我身上。

親愛的神父，我的聲音微弱了，要講不出話來，我的想像力也拒絕描述那個場面，還是免了吧，不要讓我向你敍述我當時所嚐到的歡樂，一句話就足以讓你瞭解：唯獨你，親愛的神父。唯獨你走得更遠。在我們情濃意蜜，顚鳳倒鸞中，我高聲說道：母親啊！叫妳不講情理，妳得爲此付出極大代價！

我的情郎簡直神了！我們共度的一個時辰，他一刻也沒有停。消耗氣力也沒有關係，他只要一觸我，就力量倍增，重又求歡，好像安泰俄斯[15]那樣；安泰俄斯同大力神赫拉克勒斯搏鬥，只要一接觸大地，他就能恢復力量。

別人早就在尋找我們了，有人甚至來敲過我的房門。我們該分手了，以免引起他們的懷疑。魏爾蘭溜到花園裡，躺在草坪上佯裝睡著了；正如他預料的，別人在那裡找到他。大家都向他開戰，紛紛嘲笑他。他那懵懵懂懂的樣子，裝得倒很像，總算救了他的駕；他說怕掃大家的興，因此不聲不響就出來了。剛才放情交歡，他十分疲憊，那樣子確實困頓不堪，這有助於別人相信他的話。

我也料定別人還會來找我，如果看見我的房門裡透出光亮，肯定要瞧一瞧我在不在房間，於是我把遮住鎖孔的門簾拉開。果然，我聽見有人走過來，我就趕緊跪到耶穌受難像面前。這一招達到了預期的效果：他們以爲歡樂消遣不足以打擾我日常的祈禱，不得不刮目相看，我敢說：別人更加敬重我了。總而言之，一場情歡之後，我基本恢復過來，沒有露出一點破綻。我回到歡樂的賓客中間，佯裝是出於禮貌陪同，而其實，那最甜美的消遣，已經屬於我的了。

我一開始設計，讓我母親同我的情人結婚，就完全照計行事，做好種種安排，以爲我們的幽會提供方便，以防我們幽會時出現意外情況。我佯裝倍加虔信，在禱告時不願讓人打擾，讓大家都習慣我的做法，一看見我的鑰匙不在房門上，就不敢門了。

同樣，魏爾蘭藉口辦事，也不總守在我母親身邊，讓我母親習以爲常，他好偷偷溜進我的房間。我們的情歡，是約束和隱祕的孩子，一年之後還沒有乏味，沒有變爲自由的普通果實。我原以爲這種歡樂是長久的，我也會發誓天下男人都來同我交歡，也不可能增添新的快樂。不料有一天，我卻醒悟了。

我碰見一個年青姑娘，彷彿認識，便問她在這座城中做什麼事。她回答說，還沒有任何人僱用她。於是，我收留她給我當貼身侍女……

說到這裡，親愛的神父，難道我跟你還要弄虛作假嗎？我已經責備自己不該隱瞞這一事實：告訴你吧，這個所謂的侍女不是別人，正是馬爾丹，你姐姐向你講我的身世時，肯定提起過這個人。

我和馬爾丹被拆散之後，我就再也沒有見到他。他依然那麼俊美，那麼可愛，下頦只有初生幾根黃色髫鬚，讓我特意給剪掉。在衆人眼中，馬爾丹是個美麗的姑娘，可是對我來說，他完全是個男人，是個無價寶。

我沒有向馬爾丹隱瞞我同魏爾蘭的私通。他能夠佔有我，已經喜不自勝，也就不大在乎同另一個人分享我的肉體了。我也喜歡他的順從，更喜歡他那充沛的精力。我合理地安排我的淫樂：白天給魏爾蘭，夜晚給馬爾丹。這樣，對我來說，夜闌拂曉，便開始寧靜甜美的一天；到了日暮夜降，又開始同樣快意的一宵。活在世上的人，從未享受過比這更圓滿的福運。然而，歡樂無限，好景不長，歡樂之後，便是痛苦，歡樂越是銷魂蕩魄，痛苦也就越是肝腸寸斷。

我前面講過，馬爾丹男扮女裝，倒眞像一個美麗的姑娘。負情背義的魏爾蘭，唉！……何必指責他負情背義呢？要說罪過，不是首先應當怪我本人嗎？即使我這水性楊花的行爲不爲人知曉，我的心難道就能減輕幾分罪過嗎？

魏爾蘭覺得我的所謂使女秀色可餐，便有點冷落女主人了。他開始心有旁騖，白天的交歡有了間隔。我在夜晚作樂，有所補償，就沒大留心他在白天給我留下的空白。他讓我獨守空房的情況，不知不覺中增加了。不過，魏爾蘭油嘴滑舌，總能說服我相信，我已經太幸福了，無需要他向我說明不來幽會的原因。有時，我想責備他幾句。可是他一來，只要微微一笑，給我個親吻，愛撫我一下，我心頭的怒氣就煙消雲散了。他間歇一天，精力就更旺盛。他甚至還要讓我相信，有時他不來幽會是必要的，完全符合我們情愛的利益。我同意了，況且，不知疲倦的馬爾丹，可以塡滿這些空閒的日子。

昨日，眞是倒楣的一天，我一想起來就痛恨不已。昨天是魏爾蘭休息的日子、我和馬爾丹單獨關在房間裡，只有愛情作爲見證，我們也只聽取愛的忠告。我躺在牀上，乳房裸露，襯裙撩起來，劈胯以待，等著馬爾丹恢復勁頭。他身上一絲不掛，雙腿緊夾住我的右腿，一隻手按著的的乳峯，另一隻手撫摩我的左腿；與此同時，他的眼睛和嘴唇，也在協力重新點燃他的欲火。我們正處於這樣姿勢，不料，魏爾蘭卻突然闖進來。他一關上房門，就朝我們衝過來；我們一時驚呆，沒有改變這種相偎的姿勢。

『莫妮克，』魏爾蘭對我說道，『妳尋歡作樂，我並不責怪；可是，這樣美事，妳也應該讓給我一點。我喜歡雅沃特（這是我給馬爾丹起的名字），我覺得有足夠的力量，包妳們兩位女郎都滿意。』

他說著，上來就摟住馬爾丹，把他從我的懷裡奪過去，伸手往他下身一摸，摸到了……大吃一驚！他沒有放開馬爾丹，朝我怒視一眼，他還不敢把怒氣發洩到我身上，只好拿無辜的人當出氣筒。他的愛轉化爲狂怒，手下毫不留情，痛打可憐的馬爾丹，其實一下下都打在我的痛處。

我衝到這兩個情敵之間：

『住手，』我摟住魏爾蘭，對他說道，『我親愛的魏爾蘭！饒過他年輕吧，看在我們相愛的份上，看在我們的激情份上！魏爾蘭，可憐可憐他的弱點吧，看到我流淚，總得動點心啊！』

魏爾蘭這才住手。然而，馬爾丹這時醒悟過來，當即火冒三丈，他一把抽出魏爾蘭的佩劍，朝他刺去。我見此情景，馬上逃出房間，從小樓梯逃走，一直跑到這裡。後來的事情，你全知道了。」

莫妮克未等說完，就淚如雨下。

「唉！」她高聲嘆道，「等待我的，會是什麼樣的命運啊？」

「是最美滿的命運；」我勸道。「妳就放心吧，親愛的莫妮克，妳流下這麼多眼淚，也許是一場虛驚：如果說妳喪失了歡樂，那麼不久，更大的歡樂會來補償。」

我非常清楚，把她藏在我的房間，時間一久，不可能不被發現。事情一旦敗露，後果不堪設想。我以為最好的辦法，就是把她獻到洗禮池。到時候，我要讓她喜出望外，因此，具體的打算，一句也沒有向她提起。直到那時，她所得到的歡樂，不過是她命該享受的一小部分，我這樣向她保證，並不擔心誇大其詞。洗禮池那種地方，對於她這樣性情的女子，可以說是神仙的居所。

「親愛的朋友，」她摟住我，說道，「不要拋棄我；告訴我，我能否指望同你留在一起。你答應還是拒絕，將要決定我的命運：我若是失掉你，一輩子要痛苦不堪！」

我勸她放心，我們永遠也不分離。

「我只剩下一點擔心了，」她又說道。「請原諒這最後一次關注，從今以後，你就成爲這種愛的唯一對象了。」

她不好意思向我明講，我領會她的意思，便主動提出願意去打聽她那兩位情人的情況，以及她逃離家門所造成的後果。她向我表示感謝。我讓她待在我的房間裡，臨走時答應她儘快趕回來。

我匆匆進城，到處打聽消息，甚至到魏爾蘭住宅的附近瞭解，沒有透出一點風聲。據我的判斷，這事沒出什麼亂子，只是莫妮克離家出逃，但是家裡卻十分謹慎，沒有向外張揚這件事。我返回去，打算把這消息告訴我那信女，正要進門，卻看見修道院的一名僕人朝我跑來；他對我說，尊敬的安德烈神父吩咐他把一封信和一只小錢袋交給我。我接過錢袋，看到裡面大約有二十枚金幣，以爲神父要委託我辦事，大概在信中向我說明。我拆開信，不料信中這樣寫道：

您小心躲藏起來，反倒暴露了自己。有人對您起了疑心，打開了您的房門，發現您金屋藏嬌，您不肯與兄弟們同享的寶貝，他們當即抄沒充公，把那妙人兒送到洗禮池。您瞭解修士的保護神，逃走吧，撒肚男神父，逃走吧，不要落入可怕的牢獄，否則可能走到死才能出來。

安德烈神父

就是霹靂落到我的腳下，也沒有看了這封信這樣令我吃驚。突然遭此致命的打擊，我喪失了神智，等到淸醒過來，所感到的只是這次打擊多麼沈重。天啊，我呼號，怎麼辦啊？難道我要冒著報復的危險，去見那幫野蠻人嗎？我要逃走嗎？倒楣鬼啊，千萬不要猶豫！哼，還是逃跑吧！然而，往哪兒逃呢？逃到哪裡，才能躲開他們的怒火？我的頭腦不知所措，這時忽然想起安普瓦家，覺得要救燃眉之急，那裡是最安全的避難所。我做出了勇敢的決定。實在萬幸，碰到安德烈神父這樣慷慨的人，通知我逃避修士們的忌恨……！

我離開這座城市，丟下我的安寧、歡樂和幸福，禁不住淚如泉湧；痛哭失去了莫妮克，不過，她的命運倒拭乾了我的眼淚。我愧疚，絕望，心如刀絞，神情沮喪，到了安普瓦，只見到托乃特，向她敍述我的不幸遭遇。托乃特聽了深表同情，給予我在她那家境所允許的一切幫助。她讓我換上安普瓦的一套衣裳，我決定次日就動身去巴黎，可望在那裡找到個差使，以彌補我丟掉職位的損失。

我就好像基督的十二門徒那樣，抖掉我這薄情的家園沾在我鞋上的塵土，手執一根白木棍，徒步出發了，幾乎總是趁黑天趕路，終於到了法蘭西的這座京城。

我覺得可以頂一陣子，不理睬修士們的憤怒。有安德烈的饋贈，還有托乃特給我的錢我能支撐一段時間，打算先找個家庭教師的差使，等時運好轉，再謀個更爲你稱心的職位。我在巴黎倒認識幾個人，可以利用，但是求助於他們是危險的。

我到舊貨店，再稍許加點錢，就用我的一套農夫裝，換了一套體面一點的衣服。如果脫掉修士道袍，就能脫離修士淫樂的習性，那我就算因禍得福了。我沈鬱憂傷的心情，使我相信這株毒苗已經連根拔掉了，或者我能夠很容易地戰勝它。我甚至賭咒發誓，想用誓言約束自己，而從前，多少淸規戒律、人道天職，都未能限制住我！人啊，是多麼懦弱啊！有詩爲證：

今天戴禮帽，
明日穿道袍，
隨風即轉舵，
搖擺牆頭草。

我轉舵了，風力還不算太猛，只是一個婊子過來，用臂肘撞了我一下，對我說道：

「神父先生，您想吃一份涼拌生菜嗎？」

「乾脆吃兩份。」我答道，根本未假思索，完全是本能的衝動。理智馬上來救我，可是爲時已晚：我的話已出口，不能退縮了。

我們走進一間又暗又窄的過廳，接著又上樓，樓梯曲折拐彎，階梯又滑又不平整，每跨一步都跌跌絆絆、有多少回，我都想一頭撞死，一了百了。這個粉頭兒牽著我的手。毋庸諱言，我從未到過這種境地，內心有些惶恐不安：在前面帶路的女郎倒覺得這是好兆頭。哼，她若是知道我的來頭身份，那就讓她笑夠！經過千難萬險，我們終於到達聖殿門前。我們敲門，應聲出來一位老太婆，比庫馬城的女先知還要老，她把門打開一條縫兒。

「我的小國王，」她對我說道，「這裡有客了，等一會兒吧。再往上去。」

再往上去很難，除非想登天。我的手觸著一扇門，門卻自動開了。我怕裡邊又有客，讓人懷疑我不老實，正想抽身，卻聞到一股氣味，放下心來。

是的，我孤單一人，到了一處險惡的地方到了一個遙遠的國度，到了天涯海角，碰見的全是陌生人，我情不自禁，猛然產生一種恐懼感。我眼前出現我面臨的危險，心裡暗道：趁此頭腦清醒的一刻，趕快逃離吧。然而，有一股力量抓住我，比我的思考還要強大；我眼前似乎出現一片大海，橫無際涯，望不到岸邊。我衝出去，但立刻又回來。難道上天在我們心中，刻上我們即將發生的事情的預感吧？當然了，我的確有這種感覺。就在這扇命運之門打開的當兒，有人叫我，我下去了。不幸的人啊！我奔向我的毀滅！然而在毀滅之前，那種快樂又是多麼美妙啊！

我怯生生地進去，走到閃忽不定的燈光下，一言不發，撿了一把椅子坐下，臂肘支在一張不穩的桌子上，用手捂住臉，彷彿要擺脫如潮湧來的思緒。一名女惡鬼上前來討錢，我把到手的第一筆錢給了她，這一慷慨之舉非同尋常，她向我表示感謝。我心中十分愁苦，並沒有注意她說什麼，到了歡樂的聖殿，還是一副愁眉苦臉的樣子，讓這些女司祭深感詫異。年邁的女先知走到我面前，問我是什麼緣故，我粗暴地一把將她推開，她不免連聲抱怨。

「算啦，太太，」最年青的姑娘對她說道，「人可能有傷心的時候。」說話的聲音聽著耳熟，一直鑽進我的心中。頓時，我渾身顫抖起來，害怕投進我的美好的憧憬，害怕幻想忽然破滅，也害怕將目光移向傳來這可愛聲音的地點。我乾脆閤上眼睛，只想體味被這聲音喚醒的激情。但是工夫不大，我便責備自己無動於衷，想弄淸情況，於是睜開眼睛，站起身來，走過去，神靈啊，是素宗！

素宗的容貌，雖然因年齡的增長而發生變化，但是早已深深地印在我的心中，一見面就能認出來。我撲到她的懷抱，一時講不出話來；我熱淚盈眶，心靈跳到我的嘴唇上，準備飛到素宗的心靈上。可是，素宗卻想推開我。

「親愛的姐姐，」我都岔聲了，對她說道，「妳認不出妳兄弟來啦？」

素宗驚叫一聲，昏了過去。

老太婆非常驚訝，跑過來要救護素宗。我推開老太婆，把嘴唇貼到我親愛的素宗的嘴唇上，要以我親吻的火焰溫暖她。我把她緊緊摟在懷裡，眼淚灑在她的臉上。她睜開了含淚的眼睛。

「放開我吧，撒肚男，」她對我說道，「放開一個不幸的女人吧！」

「親愛的姐姐，」我高聲說道，「妳看見撒肚男，就這麼憎惡嗎？妳拒絕他的親吻！妳拒絕他的愛撫！」

這種責備打動了她，她立刻表現出極大的歡悅，臉上的表情轉憂爲喜。這種歡喜也擴大到老太婆的臉上，因爲我又給她一點錢，吩咐準備晚餐。把錢全部給出去我也情願，又找到素宗，我不是相當富有了嗎？

在準備晚餐的時候，我一直摟著素宗。我們還沒有勇氣開口，相互詢問是什麼樣的坎坷經歷，把我們匯聚在這遠離家鄉的地方。我們面面相覷，眼睛是我們心靈的唯一代言人，眼中流出喜悅和悲傷的淚水；我們兩情相依，深摯的愛完全佔據我們的心，也完全佔據我們的頭腦，彷彿鎖住我們的舌頭。我們頻頻嘆息，幾次開口，都語不成聲，話不成句，全部神思都集中在重逢的欣慰上。

我終於打破沈默：

「素宗，」我高聲說道，「親愛的素宗，我又找到妳啦！是什麼天緣巧合，又把妳還給我啊？然而，這又是在什麼地方！」

「天啊！」素宗答道，神色十分淒然，「你見到的是一個不幸的姑娘，她命途多舛，飽受苦難，幾乎總受厄運的打擊，不得不沈溺於放蕩的生活；過這種日子，儘管她的理智譴責，她的心鄙視，可是為生活所迫，又難於改變。看得出來，你已急不可耐，要我敍述我的不幸遭遇。自從失去你之後，我所過的生活，除了不幸，還能冠以別的什麼名稱呢？」

「要向你透露我這荒淫無度的生活，把痛苦注入到你的心懷，我非但不知羞恥，反而會沾沾自喜；但是不管怎樣，我要坦率地向你供認我的苦難。要我明白告訴你嗎？這些苦難，還是你給造成的呢。當然，我的心也有五分過錯，或者說，完全是這顆心自作自受，我沈入的深淵，完全是這顆心挖掘的。」

「我始終愛你。你還記得我們那段快活的日子嗎？當時你那麼天眞，向我描述你那剛剛萌生的熾烈愛情。從那時起，我就深深愛上你。當我向你敍述莫妮克的風流事和遭遇時，當我向你透露我們最隱祕的事情時，我就是想點燃你的欲火，就是想向你傳授，而我看見我那些話有了效果，心中就竊竊歡喜。我目睹了你同丹維爾夫人調情，打得火熱，你對她的親暱和愛撫，一下下就像刺入素宗心口的匕首。當我把你拖進我的房間時，我已經被欲火舌噬了，恐怕你都難以撲滅。也正是從那時起，我接連遭受不幸。」

「你始終不知道，我們在房間裡聽到可怕的響聲是怎回事，那是飛落小神父搗的鬼，那個地獄裡冒出來的惡鬼，就是來折磨我的歲月！他暗中對我懷著愛戀之情，不惜任何代價也要得逞。他選擇了夜晚來執行他的計劃，躲藏在我的牀舖的夾道裡，他趁你逃跑之機，就代替了你的位置。唉！事不湊巧，也該我倒楣，當時我嚇昏了過去！他果然得逞了。我被快感喚醒，又被我的性欲所欺騙，以爲是在同我親愛的撒肚男交歡。我讓魔鬼討了那麼多歡樂，等我一認出他來，就痛責他一頓。他要以親暱來安撫我，我卻厭惡地將他推開。他威脅要把我和你的事告訴給丹維爾夫人。那個無恥的傢伙，卻用這種手段對付我，本來我可以用同樣的手段對付他。他以熱烈的感情得不到的，卻以威脅得到了。就這樣，我委身給了一個我鄙視的人，而命運卻把我鍾愛的人從我的懷抱裡奪走了。」

「沒過多久，我就嚐到了我這種不愼行爲的苦果。這一醜事，我盡量隱藏得時間長些，然而我再怎麼緘默，也會暴露出來。我早已把飛落小神父趕走了，他就投入丹維爾的懷抱裡尋求安慰。身孕日漸明顯，我不得不叫他來，告訴他眞相。他聽了還裝作很關心，提出要帶我去巴黎，還對我說一定讓我在巴黎過上美滿的生活。他補充說，他為我效力，不求回報，只求我接受他這份心意。我唯一的念頭，就是找個地方，把我身上的這個負擔卸下來，僅僅指望他在我分娩之後，利用他的關係在那位貴婦身邊找個差使。我相信了他的許諾，答應跟他走；於是，我裝扮成神父的模樣，同他一道出發了。」

「旅途上，他對我倒挺關心，這樣，我對他信賴也就不後悔了。詎料，這個喪盡天良的傢伙，表面上裝得很，暗中卻一肚子壞水！一路在車上顛簸，推前了我計算的日期，行駛到離巴黎一古里⑯遠的地方，我就分娩了，產下一個卑鄙小人之愛的可憎信物。大家都驚呼這是奇蹟，都歡天喜地。可是，我那卑鄙的旅伴卻逃之夭夭，把我丟去痛苦悲慘的境地。」

「幸好，一位太太挺有同情心，可憐我的境況，她僱了一輛馬車，把我送到巴黎，並送進天主醫院。她把我從死神的手臂中搶救出來，又讓我落入窮困的懷抱。我若不是認識一位姑娘，那麼早就嚐到窮苦的滋味了。那姑娘幹的就是我今天的這個行當，由於偶然的機遇，她成了我的命運的伴侶；窮困就取代了我的習性。」

「不要提出過高的要求了。妳這不幸的素宗，只不過是沈溺於歡樂和憂傷，更確切地說，沈溺於持續不斷的憂傷。如果說有時候，我的心感到一點歡樂，那麼這點歡樂也只是點綴，而深沈的淒苦卻嚙噬我的心。淒苦的心境能結束嗎？唔！我既然又見到你，就不應當再抱怨了。可是你呢，我親愛的兄弟，不要讓我這麼焦急地等待了。你從修道院出來了嗎？是什麼偶然的機會，你來到巴黎呢？」

「跟妳一樣，也是一件不幸的事，」我答道，「是妳那最要好的女友造成的。」

「我最要好的女友，」她嘆了口氣，又說道，「我在世上，難道還有朋友嗎？哦！那就沒別人，就是莫妮克啦！」

「正是她，」我答道，「好啦，若是這樣講下去，時間太長了，我們先吃飯吧。」

我坐在素宗身邊用餐，這是我有生以來味道最美的一頓飯。然而，我們倆都想儘快離開餐桌，一來我渴望單獨同她在一起，二來她也想瞭解我的遭遇。我們回到她的房間，屋裡像樣的傢俱只有一張牀鋪，毫無疑問，這張牀從未睡過如此情深意濃的一對情侶。屋裡沒有別人，我坐在牀上，讓我親愛的素宗坐在我的雙膝上，緊緊摟著，我的臉同她的臉也幾乎總是貼在一起，我向她娓娓講述，當初我離開安普瓦家之後的種種遭過。

「這麼說，我不是你姐姐啦！」她聽我講完，便高聲說道。

「不必遺憾，」我對素宗說，「血緣關係，極少有深厚的感情：固然，妳不再是我姐姐了，但妳始終是我親愛的素宗，始終是我心中的偶像。我的心肝兒，」我深情地把她摟得更緊，繼續說道，「忘掉我們的不幸遭遇吧，從我們重逢的日子起，開始計算我們的生活。」

我講這番話時，熱烈地親吻她的胸脯。我正要把她掀倒在牀上，手已經插進她的大腿之間，她却掙脫我的懷抱，連聲對我說道：

「住手！住手！」

「狠心的人！」我高聲說道，「如果妳還拒絕我所表示的愛情，那麼，我應該如何感謝命運啊？」

「扼制你的欲望，」她答道，「我只要聽從就是犯罪啊。努力克服你的愛情，我給你做出表率。」

「噢！素宗，」我反駁道，「你能勸我壓制自己的愛情，那麼你心中就沒有什麼愛。要知道，我們這是什麼環境中，我們的幸福已經毫無阻礙了啊！」

「我們的幸福毫無阻礙啦?」她重複道,「哼!妳說的太對啦!」

這時,我看見她眼淚滾下面頰,便催她向我解釋所爲何來。

「你願意同我分擔我放蕩的可悲代價嗎?」她對我說道。「即使你願意,難道我會狠心害你嗎?」

「妳以爲舉出這樣無力的理由,就能制止我嗎?」我又答道。「我同我的素宗可以生死與共,難道我還害怕分擔她的不幸嗎?」

我立時將她掀倒在牀上,擺好姿勢,要向她證明我不怕危險。

「噢!親愛的撒肚男,」她高聲說道,「你要毀掉自己的!」

「毀掉我自己!」我在愛情的衝動下,對她說道,「就算毀掉,也要在妳的懷抱中!」

她順從了,我就推進去……

敍述到這裡,請允許我效仿希臘的那位賢哲。他在描繪以伊菲革涅雅⑰祭神的場面時,先是細緻入微地刻劃在場的人臉上極度沈痛的表情,輪到阿伽門農時,卻給罩上一層面紗,巧妙地讓觀衆津津有味地去想像,一位深情的父親眼看要拋灑自己的鮮血,眼看自己的女兒要犧牲祭神,他該是什麼樣的痛苦絕望的表情。親愛的看官，這種想像的樂趣，我也要留給足下。不過，看官，我倒要對您講幾句話；您在愛情上曾經滄海，久難如願，最後才得到所愛，一片癡情嚐到歡樂；請您回想一下那種情歡，儘可能發揮您的想像力，想得再美，也不如我所嚐到的快樂。然而，是什麼魔鬼嫉妒我的安寧，把我用血淚澆灌的一種記憶，時刻擺到我的面前呢？噢，趕快結束吧，我受不了這種痛苦啦！

天亮了，我們卻沒有發覺夜色已經消失。自從我們躺下，我就沒有放開素宗，在她的懷抱裡，我忘記了憂傷，忘記了整個世界。

「我們永遠也不分開，我親愛的兄弟，」素宗對我說道。「你到哪裡去找一個更溫柔的姑娘，我又到哪裡去找一個更熱忱的情郎呢？」

我向她發誓要終生同她廝守。唉！我的確向她發了誓！可是，我們即將分開，終生再也見不到了。暴風雨在我們的頭上轟鳴，幻想的奇妙開始從我們眼前消逝。

「快逃，素宗！快點逃啊！」一名姑娘驚惶失措，跑來對我們說道，「快從暗梯溜走吧！」

事起突然，我們想起來，但是爲時已晚，一名兇惡的警察，就在我們起牀的時候闖進來。素宗渾身顫抖，不知所措，撲到我的懷裡。儘管我極力保護她，那名警察還是硬把她從我手臂拉出，把她帶走。神明啊！我看到這場面怒不可遏，狂怒賦予我力量，絕望使我戰無不勝，壁爐的柴架，操在我手中，就是致命的武器！我衝向那名警察。

「住手，撒肚男，你要惹禍啊！」

可是爲時已晚，一下子擊中，要抓走素宗的那個無恥傢伙，立時倒在我的腳下。別人見狀，都撲向我；我拼命自衞，最後倒下，被人抓住捆起來。我的衣裳沒有穿上一半，就讓他們拉走。

「別了，素宗！」我向她伸出手臂，高喊道，「別了，我親愛的姐姐，別了……」

他們沒有一點人性，拖著我下樓，讓我的頭撞在梯級上，一下接一下，疼痛難忍，很快就昏過去了。

我的悲慘遭遇，講到這裡就該結束了吧？看官啊，如果您動了惻隱之心，那麼您的好奇就到此爲止吧，別再追問，對我表示一點憐憫就行了。究竟爲什麼？我的痛苦怎麼總是超過我的幸福感呢？我流淌的眼淚不是夠多的了嗎？現在我到了避風港，卻還在緬懷海難的危險！看吧，您會知道生活放蕩的可怕後果。您若是沒有付出我這樣的代價，那就夠幸運的了。

我從傷痛的虛脫狀態中甦醒過來，發現自己在一所醫院裡，躺在一張破牀上，便問我是在什麼地方。

「這是比塞特收容院。」有人回答。

「比塞特！」我感嘆道，「天啊！我在比塞特收容院！」

疼痛難忍，又發起高燒，等到傷痛治癒，又患了梅毒，病至沈疴。我毫無怨言，接受這新的天罰。素宗啊，我心中的暗道，如果你沒有遭受同樣的不幸，那麼我就不會抱怨自己的命運。

不知不覺中，我的病情惡化，十分兇險，醫生爲了給我除病，要動一次小手術，說是捨此極端的治療辦法，別無良策。治療的痛苦場面，就不向您贅述了。怎麼對您說呢？手術後，我的身體極度衰弱，看來命在旦夕。眞若一命嗚呼，那倒是我不幸中的大幸！病痛引起昏迷，又把我從昏迷狀態中拉出來。我用手摸摸劇痛難忍的部位，噢！我不再是男人啦！我一聲慘叫，傳到了全院的各個角落。但是不久，我又恢復理智，如同在糞土上的約伯⑱那樣，肝腸寸斷，但又順從天意，我在淒苦的心中高呼：

「上帝賜予的，上帝又取回[19]。」

我喪失了享受生活的能力，從此心灰意冷，但求一死。我恨不能隱姓埋名，永遠藏匿自己的身世，一想起自己落到這種地步，就痛不欲生。我在內心深處說道：瞧這個人，他就是不幸的撒肚男神父，他就是女人特別喜愛的男人！然而，他不復存在了，一次殘酷的打擊，奪走了他身上的精華。從前是個英雄，而今不過是個……死了吧，不幸的人，死了吧！落此殘疾，你還能苟活於世嗎？你已經成了一個閹人。

我的絕望的呼號，死神卻充耳不聞。我漸漸康復，但身體仍然十分虛弱。收容院本來要罰我做工，看我身體這種樣子，不堪驅使，乾脆向我宣布我自由了。

「我自由啦！」我對來向我宣布釋放決定的院長說道，「唉！您給予我的這種自由，於我又有什麼益處呢？現在我成了殘疾人，這是您能送給我的最要命的禮物。不過，先生，恕我冒昧，向您打聽一個人的命運；大約和我同一天押到這裡的一位青年女子，她怎麼樣啦？」

「她的命運比你好，」院長生硬地答道，「她在治療過程中死掉了。」

如果不是有人阻攔，我痛不欲生，當時就想結束自己的性命。他們把我從發狂絕望的狀態中救出來，把我置於能夠利用開釋我的路上，也就是說把我趕出大門。

我在大門口頹然良久，唯有眼睛表明我還是個活人，淚水滾滾流淌。我痛苦到了極點，絕望到了極點。一身破衣爛衫，連一日生計都無著落，舉目無親，投止無門，只好聽天由命了。我想去巴黎，便踏上進城的道路，不久望見查爾特勒修會的高牆，大牆內籠罩著一片沈寂，這倒給我的腦海中劃出一道亮光。

「幸運的世人啊！」我高聲喟嘆，「你們在這裡隱居，躲避了命運的瘋狂打擊，你們的心靈清白純潔，沒有經歷撕裂我這顆心的橫禍慘遇！」

想到他們的平靜幸福的生活，我心有所感，萌生了去分享那種幸福的願望。於是我前去投奔，跪到修道院院長的腳下，向他講述了我的悲慘遭遇。

「我的孩子啊，」院長和藹可親，一邊擁抱我，一邊對我說道，「頌揚上帝吧！你在苦海上屢屢遭到滅頂之災之後，上帝卻讓你來到這個避風港。你就在這裡生活吧，如果可能的話，就在這裡幸福地生活吧。」

我留在修道院，起初一段時間沒有事幹，時過不久，就有了一份差使，後來一步一步昇遷，終於到了門房的職位。我的名聲，就是同這個頭銜聯繫在一起。

正是在這裡，我的心腸硬起來，開始憎恨塵世。我在這裡等待塵緣了結，既不怕死，也不渴望死。可以推斷，待到死神勾魂，把我登入鬼錄，那麼，世人就會在我的墓碑鐫刻一行大字，塗上金黃色：

淫棍棍折好傢伙修士之墓⑳

（完）

註釋：

❶一法里約合四公里。

❷安菲翁：希臘神話中的宙斯之子、詩人和樂師。

❸阿多尼斯：希臘神話中的美少年。

❹《熙德》：法國古典主義戲劇的創始者彼埃爾・高乃依（1606—1684）的代表作。

❺赫柏：希臘神話中的青春女神。

❻該尼墨得斯：希臘神話傳說中的美少年，天神宙斯的司酒童子。

❼塞墨勒：希臘神話中的大地女神，她和宙斯生了酒神狄俄尼索斯。宙斯曾允

許她可以提出任何要求；但她要求看一眼宙斯，結果被宙斯用閃電擊斃。

❽拉封丹（一六二一——一六九五）：法國古典主義作家，著名的《寓言詩》的作者。

❾所多瑪城：《聖經》所載著名的罪惡之城，其址在今以色列境內死海南端，由於居民作惡、淫亂，被神毀滅。災難發生在公元前兩千年至一千五年年，可能因地震發生石油和天然氣的噴發燃燒，以故有「燃燒的硫磺」毀滅該城的傳說。

❿羅得：據《聖經·舊約》記載，羅得是亞伯拉罕的侄兒。所多瑪城被毀時，他得到天使的救援，全家人倖免於難。他妻子不聽神的忠告，回頭看大火，結果變成一根鹽柱。兩個女兒見羅得沒有兒子，就把他灌醉，和他同房，各生了一個兒子，即摩押和便亞門。後來摩押成爲摩押人的始祖，便亞門成爲亞門人的始祖。

⓫拉庇泰人：據希臘神話傳說，他們的國王庇里托俄斯和希波達彌亞結婚時，肯陶洛斯人因喝醉酒搶新娘和女郎，同拉庇泰人混戰一場。

⓬涅斯托耳：希臘神話傳說的皮羅斯王，他爲人公正，長於辭令，足智多謀，

是特洛伊戰爭中的名將。

⓭答爾丟夫：十七世紀法國古典主義作家莫里哀同名戲劇中的人物，是個僞君子。

⓮阿佩萊斯：希臘畫家，約生活在公元前四世紀，曾畫過亞歷山大的肖像。

⓯安泰俄斯：希臘神話中的利比亞巨人，是海神和地神的兒子。凡經過利比亞的人都必須同他格鬥，他只要身不離地，就能從大地母親身上吸取力量。赫拉克勒斯發現這一祕密，就把他舉到半空將他扼死。

⓰法國一古里約合四公里。

⓱伊菲革涅雅：希臘神話傳説中的人物，邁錫尼王阿伽門農的女兒。阿伽門農率軍遠征特洛伊，因無風艦隊不能啓航，據説是女神阿耳忒彌斯報復阿伽門農冒犯的緣故，要他祭獻女兒方可。最後在祭壇上，女神赦免了伊菲革涅斯。

⓲約伯：《聖經·舊約》烏斯人，極其富有，而且具有隱忍的精神。神爲了試他，就奪去他的女兒和全部財產。他果然全能忍受，最後，神還給他女兒，加倍還給他財產。

⑲原文爲拉丁文。

⑳原文爲拉丁文。

金楓出版社

世界性文學名著大系
小說篇・法文卷⑮

好傢伙修士無行錄

Histoire De Dom Bougre

總編輯／陳慶浩
作者／匿名氏
譯者／易餘

發行人／周安托
印行／金楓出版有限公司
地址／台北市羅斯福路三段 65 號 5F
電話／(02)3621780-1
傳眞／(02)3635473
郵撥帳號／10647120
登記證／行政院新聞局局版台業字第 3561 號

總經銷／學欣文化事業有限公司
地址／新店市民權路 130 巷 6 號
電話／(02)2187229
傳眞／(02)2187021
郵撥／1580676-5
初版一刷／1994 年 7 月
法律顧問／董安丹
國際書號／ISBN：957-763-006-5

定價／新台幣 240 元

本書根據巴黎 Fayart 書店 1992 年版譯出